KB117983

아직, 불행하지 않습니다

아직,
불행하지
않습니다

김보통 에세이

문학동네

출근을 하며

지금 시각은 오전 5시 38분.
요즘 매일 새벽에 깨어난다.

공교롭게도 회사 다닐 적 기상시간도 그랬다. 정해진 출근시간은 9시인데 아침회의가 6시 50분에 있었다. 부장은 5시에 일어나 첫차를 타고 6시에 회사에 왔다. "새벽공기가 얼마나 상쾌하고 좋냐. 우리는 농경민족의 후손이잖아"라면서 웃는 부장을 보며 밉다기보다 측은하다는 생각을 했다. 아마 회사 사람들은 지금도 여전히 이 시각에 깨어나 지친 몸을 이끌고 회사로 향할 것이다. 부지런함이 나쁜 것은 아니지만, 내겐 견디기 힘든 날들이었다. 정해진 퇴근시간은 저녁 6시인데, 대개 10시 넘어 집에 도착했다. 그마저도 술자리가 있으면 새벽 2시는 되어야 집에 들어갈 수 있었다. 일주일에 하루이틀은 그랬다.

"전에 회사원이었다던데, 어떤 회사를 다니셨나요?"

인터뷰할 때마다 거의 빠짐없이 나오는 질문에 "그냥 회사요"라고만 대답해왔다. 이야기하고 싶지 않았다. '어떤 회사를 다녔는가'라는 질문으로 나를 판단하려는 것 같아 불편하기도 했지만, 무엇보다 회상하기조차 싫었기 때문에.

그러니까, 이 글은 지금까지 어디서도 얘기한 적 없는 나의 과거에 대한 것이다. 대부분의 사람들이 어릴 때부터 이삼십 년간의 교육을 받고 비로소 도착하는 일종의 목적지, 때로는 내 삶을 보호해주는 방파제 같다가도 어느 순간 차마 뛰어넘지 못하는 울타리로 삶을 옭아매는 것, 그럼에도 결국 인생의 상당 부분을 그 안에 머물게 되는 회사 시절 말이다.

이것은 회사를 벗어나 내가 맞이했던 막연함에 대한 이야기다.

느긋하게 차근차근 풀어갈 생각인데, 왜냐하면 이제 더이상 농경민족의 후손임을 자랑스러워하는 부장도, 6시 50분까지 참석해야 하는 회의도 나에겐 없기 때문이다. 하하하.

그렇다고 이 글을 읽는 독자를 약 올리려는 것은 아니다. 이

아직, 불행하지 않습니다

제부터 할 이야기를 읽고 나면, 도리어 내가 불쌍해질 수도 있다. 오늘이 있기까지의 지난 3년간은 별 하나 뜨지 않은 밤하늘 아래를 하염없이 헤매는 여정과도 같았다.

이것은 그 방황에 대한 이야기다.

3부
살아가는
보통
사람들

1부

우울한
행복
속에서

사람이
되기 위하여

어린 시절, 아버지는 어디선가 폐차 직전의 봉고차를 얻어와 무면허로 몰고 다녔다. 내연기관에 문제가 있는지 배기가스가 내부로 유입돼, 한 시간가량 그 차를 타고 내려 코를 풀면 휴지에 시커먼 검댕이 묻어나왔다. 그날도 그 똥차를 타고 어딘가로 가는 길이었다.

"대기업에 가야 해."

아버지가 말했다. 아무런 맥락은 없었다. 매연을 너무 많이 마셔 몽롱한 와중에 깨달음을 얻었는지도 모른다.

"그래야 사람처럼 살 수 있어."

사뭇 비장했다. 차창 밖에는 차들이 느릿느릿 지나가고 있었다.

나는 아버지의 말뜻을 이해하지 못했다. 대기업에 가야 하는 당위나 그래야 사람처럼 살 수 있다는 근거를 이해 못한 게 아니었다. 좀더 근원적인 것에 대한 의문이었다.

"대기업이 뭐야?"

내가 묻자, 아버지는 줄곧 정면을 바라보며

"이쑤시개부터 탱크까지 다 만드는 곳이야"라고 말했다.

어린 나는 '뭐하러 그걸 다 만드나' 싶었지만, 여하튼 엄청난 곳이라는 것은 알 수 있었다. 그리고 그날부터 막연히 '대기업에 가야 한다'고 생각하게 되었다. 왜냐고 묻는다면 '그래야 사람처럼 살 수 있다'고 아버지가 말했으니까. 다른 이유는 없었다.

그래서였을까.

20여 년 뒤 어느 대기업 면접장에서 "왜 우리 회사에 지원했나?" 묻는 면접관의 첫 질문에, 나는 "아버지의 소원입니다"라고 답했다. 상식적으로 면접 자리에서 할 대답은 아니었다는 생각이 뒤늦게 떠올랐지만, 면접관들은 진지한 표정으로 고개를 끄덕였다. 아무도 웃지 않았다. 어쩌면 그들도 자녀에게 말했을지 모른다. "대기업에 가야 한다. 그래야만 사람처럼 살 수 있다"라고.

만약 그렇다면, '아버지의 소원을 들어주려는 아들'인 나를 보며 '요즘에도 이런 효자가……' 하며 제법 기특해했을 수도 있겠다. 사실 나는 별다른 생각이 없었다. 대안도 없었다. 아버지의 말마따나 당시 내가 사람처럼 살 수 있는 방법 중 가장 현실적인 것은 대기업 입사였다.

나의 부모님은 결혼 후 작은 과일 가게를 열었다. 내가 태어나기 전의 일이다. 보건대학교 생물학과를 야간 졸업한 아버지는 제약회사 영업사원으로 취직하기 위해 준비하고 있었는데, 당장 돈이 없으니 과일이라도 팔아보자고 어머니가 부추겼다 한다. 아버지가 장사 경험이 없어 망설이자 고향 친구가 운영하던 슈퍼마켓을 구경 다녀온 어머니는 "그럼 까짓거 내가 팔겠다"며 시작했다. 돈이 징그럽게 없어 단칸방에서 성냥개비를 걸고 맞고스톱을 치던 때라고, 어머니는 회상했다.

과일 가게를 하던 시절에 내가 태어났다. 하지만 어머니가 내 동생을 임신했을 즈음 '이대로는 먹고살기 힘들다'는 판단으로, 방앗간을 하던 큰고모에게 기술을 배워 어느 재래시장 뒷골목에 방앗간을 열었다. 곧 동생이 태어났고, 나는 유치원에 들어갔다. 당시 우리는 네 식구가 쪼르르 누우면 꽉 차는, 창문도 없는 단칸방에 살았다. 어린 나는 여러 세대가 이용하는 공동

화장실에서 똥싸는 것이 싫어 종종 이불 속에서 옷을 입은 채 똥을 쌌다.

방앗간이 신통치 않았기 때문인지, 돌연 아버지는 정수기 외판원이 되었다. 방앗간은 어머니에게 맡긴 상태였다. 지금도 어렴풋이 양복을 입고 출퇴근하던 아버지의 모습이 기억난다. 그 무렵 내가 성당에서 계란을 받아오다가 교통사고가 나서 병원에 입원했는데, 한밤중에 양복 차림 그대로 병원에 들른 아버지는 어머니와 근심스러운 얼굴로 대화를 나누곤 했다.

정수기 외판원도 그닥 벌이가 시원찮았던 것인지 몇 달 되지 않아 아버지는 양복을 장롱 속에 벗어놓고 다시 방앗간으로 돌아갔다. 아마도 아버지는 그때 '새로운 일을 해봐야겠다'는 꿈도 양복과 함께 접어 장롱에 넣어두었던 것일까. 그후로는 계속 묵묵히 방앗간 일만 했다.

1997년, IMF 금융위기가 터졌다. 방앗간은 망했다. **흔한 일이었다. 많은 사람들이 망했고 더러는 죽었다. 우리집은 망한 쪽이었다.** 어머니는 우울증에 걸렸다. 아버지는 담배를 피우거나 잠을 잤다. 학교에서는 종종 쉬는 시간에 교내 방송으로 나를 찾았다. 행정실로 오라는 것이었다. 총무 직원이 나를 세워놓고 등록금을 왜 안 내느냐고 물었다.

"어머니는 몸져누워 계시고 아버지는 도망치셨습니다"라고 나는 말했다.

직원은 믿지 않는 눈치였다. 당연한 일이다. 지난번엔 "아버지는 몸져누워 계시고 어머니는 도망치셨습니다"라고 말했으니까. 그러나 더이상 추궁하진 않았다. 돌아가라는 말에 꾸벅 인사하고 나왔지만, 그렇게 해결된 것은 아니었다. 그뒤로도 매일 교내 방송으로 나를 찾았고, 그때마다 대충 둘러대야만 했다. 어머니에게 등록금을 달라고 하면 "없어"라는 대답만 들을 뿐이었다. 당시 우리집의 수입은 하루 5천 원 미만이었다. 직원이 재차 추궁하지 않은 것은 그런 사정을 짐작하기 때문이었을 것이다. 나만 등록금을 내지 못한 것이 아니었으니까. 모두에게 힘든 시기였다.

그때 아버지는 '이번에도 망하면 다 죽는다'는 마음으로 개점휴업 상태였던 방앗간을 정리하고 칼국수 집을 시작했다. 그 탓에 어머니의 우울증은 더더욱 깊어졌는데, 천만다행으로 장사는 나쁘지 않았다. (빚을 져서 등록금을 내고) 대학에 들어간 나는 난생처음 용돈이란 것을 받아보았다. 당시 우리 가족은 가게가 있던 단층 건물 위에 샌드위치 패널 집을 만들어 살고 있었는데, 한 평 정도지만 '내 방'이라는 것도 생겼다. 바닥에 드러누워 몸을 굴리면 한 바퀴 반 정도 구를까 말까 했지만 좋았다. 소고기를 물에 끓여 먹지 않고 불판에 구워 먹어본 것도 그즈음의 일이다. 희미하게나마 희망 같은 것이 보였다. 손에 닿지는 않지만, 머지않아 잡을 수 있으리라는 확신 같은 것도 있었다. 하지만 허술한 기반 위에 쌓아올린 것들이 대개 그렇듯 그 모든 것은 한순간에 무너졌다. 아버지가 암에 걸린 것이다.

상황은 급속도로 나빠졌다. 가게는 망하기 직전이 되어 다른 사람에게 넘겼고, 어머니는 우울증에서 다 헤어나오지 못한 상태로 아버지를 돌봐야 했으며, 나와 동생은 그 무렵 군복무중이었다. 할 수만 있다면 깔끔하게 오려내고 싶을 정도로 어둡고 괴로운 시간이었다.

아버지는 평생을 대기업은커녕 제대로 된 회사의 문턱도 밟아보지 못한 채, 연말연시면 불우이웃돕기 방송에 나오는 동네의 어느 변두리 골목에서 작은 가게를 운영하며 살았다. 결과적으로 아버지가 온몸이 바스러지게 일해 얻은 것이라곤 작은 집 하나와 암, 투병으로 수입이 끊기는 바람에 갚을 기약이 없어진 대출금뿐이었다.

그랬다. **대기업에 들어가지 못한 아버지는 결국 사람이 되지 못했다.** 그러니 어쩌겠는가. 선택의 문제가 아니었다. 감히 선택을 할 상황도 아니었다.

면접이 끝날 즈음, 면접관이 물었다.

"마지막으로 하고 싶은 말 있으면 하세요."

나는 이렇게 답했다.

"어린 시절부터 항상 저의 꿈은 이 기업에 입사하는 것이었습니다. 앞서 말씀드린 것과 같이 아버지는 저에게 늘 세계를 무대로 능력을 펼치기 위한 유일한 방법은 이 기업에 들어가는 것이라 당부하셨으며, 저 역시도 사회와 나라에 기여하는 인재가 되기 위해선 이 기업에 입사하는 것밖에는 방법이 없다고 생각해왔습니다. 하여 지난 시절 오로지 이 기업에 입사하기 위해 대학을 입학하고, 공부하고, 경험을 쌓아왔습니다. 저에게 기회를 주신다면 오늘 이 자리에 오기 위해 지금까지의 삶을 바쳐왔듯이, 앞으로 남은 삶도 회사를 위해 헌신하는 것으로 보답하겠습니다."

거짓말은 아니었다. 굉장히 진지했다. 위기감도 느끼고 있었다. 이곳에 들어가지 못한 내가 맞이할 미래는 디스토피아 그 자체였으니까. 나는 마치 부처님이 지옥에 내려준 거미줄 한 가닥을 향해 손을 뻗는 칸다타의 심정으로 면접관 한 명 한 명의 눈을 바라보며 말했다.

"그러니 저를 살려주십시오" 아니, "저를 뽑아주십시오"라고.

그리고(혹은 그래서) 운좋게 합격했다. 마침 글로벌 금융위기가 터져 대기업들이 예정된 채용을 취소하는 등 여러모로 좋지 않은 상황이었음에도 불구하고 이른바 대기업 회사원이 될 수 있었다. 당연히 기뻤다. 인터넷으로 합격을 확인했을 때는 바닥에 웅크리고 앉아 눈물을 찔끔 흘리며 생각했다.

'끝이다. 고생도, 가난도, 이 지긋지긋한 짐승의 삶도 끝이다. 이제 나는 사람이 된다. 드디어 나는 사람이 된다.'

신입사원 설명회에서 채용담당자는 "지옥에서 탈출하는 막차에 탄 것을 축하한다"고 말했다. 당연히 부모님은 기뻐했다. 그 무렵 어머니도 우울증을 극복했고, 몇 해 전 위암으로 수술한 아버지도 예후가 좋아 일상생활을 할 수 있었던 때였다. 대기업에 합격한 것만으로도 여러 상황이 좋아지고 있었다.

당시 신입사원을 채용한 회사에서 합격자들에게 알리지 않고 부모에게 꽃바구니를 보내 합격 사실을 알리는 것이 유행이었다. 우리집에도 꽃배달이 왔다. 배달원이 "훌륭한 아드님을 두셨네요" 하면서 어머니에게 전한 꽃바구니 안에는 "소중하게 키워주신 자제분을 믿고 맡겨주셔서 감사합니다"라고 적힌 글과 함께 사장의 사인이 쓰인 카드가 담겨 있었다. 나는 내내 별일 아닌 것처럼 굴었지만, 솔직히 자랑스러웠다.

당연히 부모님도 나를 자랑스러워했다. 친구들과의 모임이나 친척들과의 자리에서 늘 나에 대한 자랑을 늘어놓았다. 신입사원 연수를 받고 돌아왔을 때는, 회사 배지를 달고 가족사진을 찍었다. 심지어 내가 출근하기 편하도록 지하철역 인근으로— 반지하이긴 했지만—이사도 했다.

그 무렵 부모님은 많이 웃었다. 아직 특별히 뭐가 나아진 것은 없지만, 행복해 보였다. 아마도 폭풍우가 몰아치는 바다 위를 돛도 닻도 없이 떠돌던 뗏목과 같았던 당신들의 삶과는 달리, 당신의 자식은 좀더 안전하고 순탄하며, 그래서 평화로운 삶을 살아가리라 생각했던 것이리라.

나 역시도 그럴 거라 생각했다. 보다 환한 미래를 근거 없이, 하지만 진지하게 상상하곤 했다. 나는 대기업에 들어갔으니까. 당연히 그런 삶을 살아갈 수 있을 것이라고 믿었다. 집에 남은 빚도 갚고 부모님도 호강시켜드리면서, 희망찬 미래를 향해 쭉 뻗은 길을 힘차게 나아가기만 하면 된다고, 생각했다.

그리고 4년 뒤,

아직, 불행하지 않습니다

"우울증 진단해드릴까요?"

"아니요. 괜찮습니다."

"일도 좋지만 좀 쉬면서 하세요."

"네."

나는 회사를 그만두기로
마음먹었다.

25

너는
불행해질
것이다

퇴사하기로 결정했을 때 주변 사람들은 저마다 근심스러운 표정으로 이런저런 이야기를 했다. 세부적인 내용은 조금씩 달랐지만, 대부분 '너는 불행해질 것이다'라는 말로 끝이 났다. 다들 나보다 더 진지한 표정이었는데, 그 모습이 마치 트로이의 멸망을 예언하는 카산드라처럼 비장했다.

"이직할 곳은 정해둔 거야?"
담배를 건네며 역시나 진지한 표정의 선배가 물었다.
"아뇨."
화장실이었다.

"이직할 곳은 정해둔 거야?"

"시험 볼 거니? 회계사? 노무사?"

"아뇨."

"유학 갈 거야?"

"아뇨."

"그럼 뭐할 건데?"

글쎄. 생각해본 적이 없었다.

생각해볼 여력이 없었다는 것이 좀더 정확하겠다. **회사생활은 평범하게 고됐다. 일이 많고, 회식도 많고, 그래서 쉴 시간이 없어 피로가 누적되기만 하는, 너무나 일반적인 회사생활.** 그래. 뭐, 그런 것들을 예상치 못했던 것은 아니다. 견디지 못할 것도 없었다. 머릿속으로 '왜?'라는 물음만을 지워버리면 아무 문제 없는 상황이었다. 왜 정해진 근무시간을 지키지 않는 것인지, 왜 업무와 무관한 것에 시간을 할애해야 하는지, 도대체 왜 회식이 업무의 연장인지(그렇다면 왜 그에 대한 수당은 주지 않는지)에 대해 생각하기를 그만둔다면, 못할 것도 없었다. 실제로 스스로에게 '왜?'라는 질문을 하지 않으려 많이 노력했다. 이해를 포기함으로써 평안을 얻는 것은 이 사회에서 살아오며 체득한 확실한 해결책이었으니까.

정말 나를 힘들게 했던 것은 이곳에서 맞이하게 될 나의 미래였다. 앞서 말한 어려움이야 이 나라, 이 사회에 존재하는 대부분의 회사에서 일하는 누구나 겪는 고통이지만, 내 개인의 미래가 어떻게 진행될지 지켜보는 것은 견디기 힘들었다.

회의가 많았다. 말이 회의지 대개의 경우 부장 혼자 연기하는 길고 긴 모노드라마에 가까웠다. 안타깝게도 재미마저 없었다. 부장은 몇 시간 동안 한 얘기를 하고, 또 하고, 또 하고, 또 했으며, 직원들은 진지한 얼굴로 둘러앉아 그 모습을 지켜보아야만 했다. 그중엔 부장보다 오래 근무한 차장도 있었다. 저 사람은 이런 모습을 20여 년 동안 바라보았겠구나, 싶은 생각이 들자 슬퍼졌다.

한번은 저녁 6시에 시작한 회의가 밤 12시에 끝났다. 장장 여섯 시간에 걸친 회의중에 내 옆자리에 앉은 과장은 고개를 돌린 채 울었다. 과장이나 농담이 아니다. 뭔가를 끄적이는 척하고 있던 다이어리 위로 눈물이 떨어지고, 그것을 손으로 쓰윽 닦아내는 것을 내가 똑똑히 보았기 때문이다. 집으로 가는 방향이 같아 함께 차를 타고 텅 빈 강남대로를 벗어나며 과장은, 부장은 사이코패스임이 분명하며 만일 전쟁이 난다면 혼란을 틈타 죽여버리겠노라고 선언했다. 역시 슬퍼졌다. 내가 이곳에서 버티고 버텨 맞이하게 될 미래가 이런 모습일 것만 같았다.

회의는 종종 회식으로 이어졌고, 부장은 (회의를 통해 부장이 독단적으로 내린 결론을 달성하기 위한) 결의를 다지기 위해 수없이 많은 건배를 하며 우리에게 '의지를 보일 것'을 요구했다. 구체적인 대책이나 개선책은 없었다. 21세기에 들어서고도 십수 년이 흘러 마침내 충주에서 복숭아 농사를 짓는 할머니도 스마트폰을 쓰는 이 시대에, 기대하는 것은 '시스템'이 아닌 '의지'였고, 그것을 확인하는 작업이란 게 고작 "목표 달성의 의지가 있는 자, 이 술을 원샷하라"라는 『삼국지』에나 나올 법한 결의 행위였다.

쓰린 속으로 출근해 맞이한 하루는 다시 또 회의로 이어졌는데, 악몽이 계속되는 느낌이었다. 차라리 진짜 악몽이라면 좋았을 텐데, 내가 앉아 있는 회의실은 분명한 현실이었고, 둘러앉은 사람들 중 누군가는 나의 미래였다.

그래서, 생각해본 적이 없었다. 지쳤으니까. 내 인생이 어떻게 흘러갈 것인지를 생각할 수 없을 정도로 힘이 들었으니까.

"쉬려구요."
나는 말했다.
"대책이 없구나."
선배는 반쯤은 동감한 듯, 반쯤은 한심해하는 듯 말했다.
대책 같은 건 없었다. 당연했다. 퇴사는 이를테면, 최후의 수단이기 때문에. 전세는 이미 기울었고, 간신히 버티고만 있을 뿐이다. 뒤를 돌아보면 나만 바라보는 가족들이 '힘내라!'는 눈빛을 보내며 줄줄이 서 있지만 그런 걸로는 도무지 힘이 나지 않는다. 머릿속에선 이길 수 없는 싸움이라는 확신이 들기 시작한다. 머지않은 미래에 나는 흡연과 과음, 부족한 수면시간과 과도한 스트레스로 각종 성인병에 걸린 채 전장에 쓰러질 것이고, 허무할 정도로 금세 잊힐 것이다. 운이 좋아 살아남는다면, 그래서 진급에 미끄러지지 않고 계속 버틴다면, 같은 소리를 몇 시간씩 혼자 떠들어댄 뒤 비장한 표정으로 잔을 돌리며 "의지를 보여라"라고 말하는 부장이 되겠지만, 그건 그것대로 끔찍한 일이었다.

"회사라는 게 말이야. 안에서는 그 고마움을, 든든함을 잘 몰라. 나가보면 알게 되는 거야. 이 시스템이 지금까지 얼마나 나를 보이지 않게 보호해주고 있었는지를. 이 견고한 시스템을 벗어난 내가 얼마나 무력한지를. 실제로 그런 경우를 많이 봤어. 내 동기들도 많이 퇴사했거든. 재밌는 게 뭔 줄 아냐? 다들 후회해. 나가보면 아무것도 없거든. 나를 백업해줄 조직도, 내가 내세울 간판도. 현실이란 게 생각보다 훨씬 가혹해."

그렇게 말하고 선배는 나를 말없이 쳐다봤다. 나는 그의 배를 보고 있었다. 볼록하게 나온 그의 배. 몇 년 전만 해도 이 정도는 아니었던 것 같은데, 텔레토비의 배처럼 살이 올라 있었다. 고개를 들어 그를 바라보았다. 목까지 두꺼워진 것인지 셔

츠 단추도 한 개 풀어둔 상태였다. 어제도 술을 마신 건지, 잠을 못 잔 건지 평소 누렇던 눈은 붉게 충혈되어 있었고, 두발경계선도 부쩍 후퇴한 상태였다.

"그때 가서 뒤늦게 깨닫고서는 어떻게 하는 줄 아냐? 다시 조직으로 돌아가려고 하는 거야. 경력직으로. 무섭거든. 그런데 그때는 받아주는 곳도 없어. 여기서 몇 년 있었다는 걸 경력으로 누가 인정해주겠냐. 게네도 다 아는데. 아, 얘는 저기서 몇 년 못 버티고 나왔구나. 여기서도 얼마 안 있다가 또 나가겠네, 하고. 뭐 운좋으면 어디 들어갈 수 있겠지. 그런데 거기도 똑같다. 결국 더 안 좋은 조건으로 더 안 좋은 회사 들어가는 거야."

나의 선배. 그리고, 아마도 나의 가까운 미래. 나도 언젠가는 퇴사하려는 철없는 후배를 화장실로 데려와 담배 한 개비 건네주며 이런 소리를 하게 되는 것일까. 나쁜 사람은 아니었다. 그 반대에 가까웠다. 그래. 나를 위해서 하는 소리였을 것이다. 걱정되니까. 실제로 선배는 다른 회사를 6년 다니다 옮겨온 경력직이었다. 공채 출신이 아니어서인지 몇 번인가 진급 누락되다 최근에야 과장을 달았다. 아마도 나에게 한 얘기는 자기 고백이었으리라.

선배는 울타리 근처를 서성이는 어리석은 양을 타이르는 어른 양인 셈이었다.

"저 울타리를 넘으면 늑대가 너를 물어갈 거야. 그러니까 답답하더라도 이 울타리를 넘겠다는 생각은 하지 않는 것이 좋아. 울타리 안에 있으면 얼마나 좋은데. 때 되면 밥 주고, 밤이면 재워주고, 혹시라도 늑대가 나타날까 이렇게 밤낮으로 지켜주니까."

하지만 나는 알고 있다. 울타리를 둘러친 이유는 내가 세상 풍파에 상처받는 것이 걱정되어서가 아니라, 내 털이 필요하기 때문이라는 것을. 그날부터 울타리는 철조망으로, 양치기는 간수로, 양치기 개는 내가 도망갈까 지켜보는 경비견으로 보이기 시작한다.

나는 선배에게 말했다.
"그냥 도망치는 거예요."
선배는 놀란 양 같은 표정을 한 채 말없이 나를 바라보았다.
"도망치는 거라고요. 잘되고 말고는 상관없어요!"
더이상 가만히 앉아 털을 밀리고만 있을 순 없는 노릇이었다.

"그냥 도망치는 거예요."

기억나지 않는다

겨울 새벽이었다.

나는 어색한 양복을 입고 트렁크를 돌돌 끌며 사람 하나 없는 도심을 걷고 있었다. 신입사원 연수를 떠나던 날이다. 역에서 나와 모임 장소에 도착하니 먼저 온 사람들이 많이 모여 있었다. 다들 기대에 부푼 얼굴이었고, 어색한 표정으로 삼삼오오 모여 통성명을 하고 있었다.

"자, 이제 다들 버스에 타세요."

인솔자가 말하자 모두들 정해진 버스에 올라탔다. 아직 해가 뜨지도 않은 시각이라 졸릴 법도 한데, 다들 흥분해 있어서인지 버스 안은 활기찼다.

"어디 계열사예요?"

옆자리에 앉은 사람이 물었다.

"○○요."

"아, 그래요? 저는 ××인데."

서로 전혀 다른 회사임에도 같은 '그룹'이라는 소속감 때문에 금세 친해졌다. 버스 안에선 그런 식의 대화가 수군수군 이어졌다.

"거기는 어떤 회사예요?"

"연봉은 얼마래요?"

"중동으로 파견 나가겠네요?"

저마다 알고 있는 회사에 대한 티끌 같은—그리고 상당수는 실상과 다른—정보들을 주고받으며 앞으로 펼쳐질 미래에 대해 이야기했다. 다들 눈이 빛났고 포부가 있었다. 그리고 자신만만하게 웃었다. 치열한 경쟁을 뚫고 승리한(혹은 승리했다 생각하는) 모습이었다. 연수원에서 새롭게 시작될 경쟁 역시 자신 있어 보였다. 물론, 나도 그중 하나였다.

얼마간을 달려 도착한 경기도의 한 연수원.

그제야 해가 떠올랐다. 하얀 입김을 내뿜으며 버스에서 내리는 수많은 신입사원들. 웅장한 연수원의 모습에 감탄하며 드디어 이 거대 조직의 구성원이 되었다는 것을 실감했다. 수백 명

의 인원이 모인 대강당. 여기까지 오는 길의 버스 안 분위기와
는 대조적으로 모두 침묵하고 있었다. 긴장한 것이다. 이윽고
강당의 문이 열리고 선배 사원들이 일사불란하게 입장했다. 마
치 조직폭력배를 연상케 하는 그 절도 있는 모습에 모두의 시
선이 쏠렸다. 행동대장 격으로 보이는 사람이 단상 위에 올라
마이크를 잡고 입을 열었다.

"200×년 공채 ××기 신입사원 여러분! 안녕하십니까!"

대답하는 사람은 없었다. 느닷없는 질문에 답할 타이밍을 놓
친 것이다. 이런 반응은 아마 행동대장도 계산했을 것이다. 그
래야 다음 질문에 모두 힘차게 답할 테니까.

"목소리가 시원찮습니다. 정말 우리나라를 이끌어갈 최고
의 인재! 우리 그룹의 신입사원 맞습니까?! 다시 한번 묻겠습
니다! 200×년 공채 ××기 신입사원 여러분! 안녕하십니까!!!"

이에 모두 있는 힘껏 "안녕하십니까!" 하고 외쳤다. 함성이 강
당을 쩌렁쩌렁하게 울렸다. 이어 찾아온 침묵의 대비는 극적이
었다. 소름이 돋았다. 물론 이것 역시 계산되었을 것이다.

그리고 정적을 깨고 울려퍼지는 과장의 외침.

"연수 과정을 진행할 ××기 ○○○ 과장입니다! 연수원 입소
를 진심으로 환영합니다!"

나는 전율했다. 이 역시 각본대로였을 테지만.

연수원 생활은 빡빡했다.

새벽 5시 50분이면 기상음악이 기숙사동에 울려퍼졌다. 운동복을 입은 채 눈을 비비며 모인 뒤 '사가(社歌)'를 부르고, 아침 구보를 했다. 식사시간에 식판을 든 채 줄을 서 배식을 받아먹었다. "군대 생각난다"는 소리가 여기저기서 들려왔다. 실로 그러했다. 군 신병교육대 생활과 다른 점이라고는, 군복 대신 양복을 입고 있다는 것과 노골적인 인권 유린을 덜 당한다는 것 정도였다. 우리는 철저히 외부와 격리된 채, 아침부터 밤까지 매일 비슷한 내용을 반복해서 교육받았다.

연수 과정 중 강사들은 "우리는 국내 최고의 회사에 들어왔으며, 나아가 세계를 무대로 우리의 가능성을 무한히 펼칠 수 있다"는 이야기를 반복했다. 처음엔 낯간지럽기만 했던 그 멘트가 반복될수록 내가 정말 훌륭한 회사에 들어왔고, 나 자신 역시 훌륭한 사람이 된 것만 같아 뿌듯했다. 교육은 눈을 떠 사가를 부르는 순간부터 잠들 때까지—종종 밤을 새우면서까지—빡빡하게 이어졌다.

당연히 육체와 정신은 한없이 지칠 대로 지쳐버려 연수 과정의 반이 지날 때쯤엔 많은 동기들이 수업시간에 졸기 시작했다. 교육 내용이 실무적으로 정말 중요하다면 졸지 않을 정도로 템포를 조절하는 것이 정상이겠지만 강행군은 계속됐다. 급기야 교육 과정 중 잠드는 사람이 너무 많아 수업을 중단하고 깨우거나 기합을 주는 상황까지 벌어졌다. 이제 연수는 무언가를 배운

아직, 불행하지 않습니다

다기보다는 그저 잠들지 않기 위해 버티는 것이 되어버렸고, 그 와중에도 반복되는 이야기는 '우리는 최고다'였다. 휴식시간이면 졸음을 쫓기 위해 수백 명이 동시에 담배를 태웠는데, "이건 북한군 사상교육 수준이다"라는 우스갯소리가 오갔다.

그즈음엔 다들 알고 있었다. 이것이 세뇌 교육이라는 것을. 그러나 거부하지 않았다. 속아넘어간다고도 생각하지 않았다. 이미 이 회사에 다니고 있던 학교 선배에게 들었던 것처럼 독하다며 낄낄댔지만, 내심 스스로 '우리는 최고니까'라고 믿기 시작한 것이다.

연수가 끝날 무렵 졸업 시즌이 찾아왔다. 내내 연수원에 갇혀 있던 신입사원들은 학교별로 졸업식 일자에 맞춰 외박을 나갈 수 있었다. 외박 나가기 전엔 앞서 등장했던 지도 선배들이 역시나 무시무시하게 절도 있는 모습으로 회사 배지를 양복 상의에 손수 달아주었다. 대학에 입학할 때부터, 혹은 그보다 훨씬 전부터 간절히 바란 '최종 간판'을 드디어 달게 된 것이다. 감격스러웠다. 고작 손톱만한 배지 하나일 뿐인데 이것 하나를 얻기 위해 쏟아부은 시간과 노력이 떠올랐다. 반짝거리는 배지를 달고 집에 도착했을 때는 장원급제한 이몽룡이라도 된 기분이 들었다.

졸업식은 배지들의 전시장이었다.

서로 누군지 모르는 졸업생들끼리 곁눈질로 저마다의 양복 깃을 훔쳐보았다. 좋은 회사의 배지일 경우엔 부러운 눈길로, 자신이 입사한 곳보다 안 좋은 회사의 배지일 땐 우쭐거리는 눈길로. 전혀 상관없는 인간들끼리 그렇게 서로 배지만 훑어보았다. 나 역시 배지를 달고 학교를 한 바퀴 돌았다. 그즈음 스스로를 '인간을 초월한 무언가'로 생각하던 때라 대부분의 배지가 나보다 하등해 보였고, 그래서 즐거웠다. 돌아보면 참 저열한 모습이지만 그랬다. 나는 완벽히 세뇌된 상태였다.

다시 연수원으로 돌아와 만난 동기들은 모두 졸업식장에서 느낀 짜릿함에 대해 이야기했다. 우리의 배지가 다른 배지들에 비해 얼마나 더 빛났는가 하는 터무니없는 얘기를 진지하게 했다.

"이게 바로 애사심인가?"

누군가가 말한 농담이 농담으로 들리지 않았다.

의식하지 못한 사이에 애사심이 생긴 것이다. 연수는 성공했다.

그룹 연수가 끝나고 각자의 계열사 연수를 받기 위해 헤어지는 날.

고작 한두 달 같이 생활했을 뿐이지만 우리는 서로 진심으로 건투를 빌었다. 어제까지 같은 방에서 생활하던 동기에서, 이제는 서로 다른 현장에서 각기 다른 일을 하는 파트너가 되겠지만 연수 기간 동안의 소중한 추억을 간직하고 각고의 노력과 헌신을 통해 회사와 나라에 보탬이 되자고, 당부하고 응원했다. 더러 우는 사람도 있었다. 감동적인 장면이었다. 나도 그랬다. 그때는 내 안에도 분명히 애사심이라는 것이 있었다.

그것이 설령 세뇌의 결과물이었다 해도, 있었다.

금세 사라졌지만.

내게도 애사심이 있었다.
그것이 설령 세뇌였다 해도, 있었다.

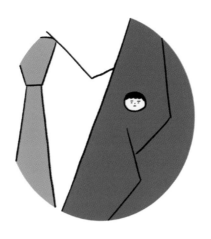

금세 사라졌지만.

울타리
밖의 풍경

인사담당자에게 메시지를 보냈다.

"퇴사를 하려면 어떤 절차가 필요하죠?"

담당자는 답장 대신 전화를 걸어와 "커피 한잔 하시죠?"라고 묻더니, 이내 본사에서 택시를 타고 왔다. 우리는 내가 평소 종종 들르던 근처 커피숍에 앉아 사이좋게 담배를 한 대 태우고, 뜨거운 아메리카노를 홀짝거렸다. 겨울이었다. 눈이 많이 내리고 난 뒤라 여러모로 질척거리던 날이었다.

"특별히 어려운 점이 있었나요?"

십몇 년은 더 선배인 담당자는 존댓말로 물었다. 초면이기 때문에 존대를 하는 것인지, 아니면 퇴사에 대한 이야기를 나누는 자리라 그런 것인지 알 수 없었다. 어색했다. '우리는 이제 머지않아 남이 됩니다'라는 선언인 것 같았다.

"없습니다."

나는 말했다.

"일이 힘들다든가, 부서원 중에 누가 괴롭힌다든가……"

힘들었다. 회사 업무란 생각만큼 순리적이지 않았다. 신입사원 연수 때는 새로운 것을 시도하고 장기 계획을 세우고 꾸준히 노력하면 된다고 배웠지만, 현장은 시도에 따른 실패를 용인하지 않았다. 연 단위, 월 단위, 주 단위, 일 단위, 실시간으로 실적 때문에 쪼이는 와중에 장기 계획이란 말은 의미가 없었으며, **그런 상황에서 할 수 있는 꾸준한 노력이란 그저 하루하루 요행을 바라며 버티는 것뿐이었다. 그 시스템 안에서 부서원들은 모두 쪼고 쪼이는 피해자인 동시에 가해자였다.** 그것은 누구 하나의 괴롭힘이 아니었다. 따지고 본다면 그저 내가 시스템에 적응하지 못한 낙오자이며 패배자인 셈이다.

"없습니다."

나는 다시 한번 말했다.

담당자의 태도는 시종일관 온화했다. 그 다정함이 불편할 정도였다. 왜일까. 무엇이 불편한 걸까.

"원하면 다음 발령 때 다른 부서로 옮겨드릴 수도 있습니다.

　　　　　아직, 불행하지 않습니다

본사나 지원 부서 같은."

그는 최전방에서 부상당한 소총수에게 후방으로 빠지라고 말하는 의무장교같이 말했다. 솔깃했다. 같이 연수한 동기 중 본사로 발령받은 몇몇이 떠올랐다. 유학파인 경우도 있었고, 학벌이 정말 우수한 경우도 있었다. 개중엔 계열사 임원이나 퇴임 임원의 자녀도 있었다. 솔직히 부러웠다. 소수이다보니 경쟁자가 적어 보였고, 자신의 역할이 명확하니 대체될 일도 없을 것 같았다. 물론 그곳엔 나름의 어려움이 있을 테지만, 전장의 총알받이로 쓰러지는 보병 소총수가 보기엔 그저 부러울 따름이었다.

하지만 후방이어도 전쟁터인 것은 마찬가지였다.

"괜찮습니다."

연이은 나의 부정적 반응에도 담당자는 여전히 온화했다.

"그렇다면 왜 그만두려는 것인지 알 수 있을까요?"

그 무렵 나에겐 이상한 버릇이 생겼다.

당시 아파트 13층에 살고 있었는데, 출근하기 위해 집을 나서면 난간 너머를 내려다보며 이런 생각을 했다.

'이쯤에서 떨어지면 한 방에 죽겠는데.'

처음 그런 생각이 들었을 때는 '많이 피곤한가보다' 싶어 의식적으로 높은 곳에서 아래를 내려다보지 않으려 했다. 그러자 자동차들이 빠르게 지나치는 도로의 신호등 앞에서, 지하철이

들어오길 기다리는 플랫폼에서, 눈앞이 하얘질 때까지 술을 마시는 자리에서 '이거면 확실히 죽겠는데'라고 생각했다. 그저 '확실히 죽을 수 있겠다' 싶은 상황을 마주할 때마다 죽음을 떠올리는 습관이 생긴 것이다. 마치 죽기를 바라는 사람처럼.

어느 날, 회사 동기에게 지나가듯 그런 얘길 하니 웃으며 대꾸했다.

"나돈데."

그 말에 나도 웃었다. 나만 힘든 것이 아니었구나 싶은 안도감에, 그리고 늘 죽음을 떠올리며, 때로는 바라며 삶을 견뎌내는 우리가 우스워서 웃었다.

하지만 그런 얘기를 구구절절 담당자에게 말할 순 없었다.

"쉬려고 합니다."

나는 그저 그렇게 답했다.

담당자는 대답을 듣고 한참 말없이 있다가 이전까지의 다정함을 다 내려놓은 목소리로 "이미 마음은 정한 것 같군요. 알겠습니다"라고 말한 뒤 다시 본사로 돌아갔다. 담당자에게 느꼈던 알 수 없는 불편함은 아마도 그의 다정함이 호의가 아닌 회유의 수단이었기 때문은 아닌가 싶었다. 그런 깔끔한 태도 전환이 차라리 고마웠다.

고민의 시간이 길었던 것에 비해 이후의 상황은 허무할 정도로 빠르게 진행됐다. 아쉬운 것은 회사가 아니었을 테니까. 며칠 뒤 나는 짐을 싸 회사를 떠났다. 사업부 임원과 부서장에게 피해가 갈까봐 우려한 것인지 대외적으로 나는 '요양차 회사를 떠나는 사람'이 되었다. 진단받지 않은 우울증 환자였으니 틀린 말은 아니었다. 부서원들은 내게 '몸조리 잘해라'라고 말했지만, 내가 몸이 아파 떠나는 것이 아님을 모두 알고 있었을 터였다.

　그렇게 회사의 울타리를 넘었다.

　택시를 타고 환한 대낮에 집으로 돌아가는 길, 문득 우주선을 벗어난 우주인이 된 기분이 들었다.
　왜 우주인이 우주선을 벗어났는가. 그것은 우주인이 폐소공포증을 가지고 있기 때문이다. 이전에도 그 증세를 가지고 있었는지 어땠는지는 알 수 없다. 하지만 만반의 준비를 했고, 스스로를 많이 다독였음에도 우주선 안의 삶은 상상 이상으로 답답했다. 우주선에 타기 위해 엄청나게 긴 시간 동안 노력해 그 꿈을 이루었음에도, 언젠가부터는 차라리 죽는 게 낫다 싶을 정도로 숨막힘은 더해갔고, 결국 그는 스스로 우주선을 떠난다.
　점점 멀어져가던 우주선이 수많은 별 중의 하나로 보이게 되었을 때, 그는 깨닫는다.

목을 죄어오던 답답함은 사라졌으나, 우주적 고독 속에 던져졌음을.

그때 어디선가 장엄하지만 불길한 파이프오르간 소리가 배경음악처럼 들려온다. '너는 불행해질 것이다'라는 예언의 전주곡이 시작된 것이다. 코러스들은 입을 모아 내가 겪게 될 슬픔과 고통에 대해 노래하려는 참이었다.

"좋은 일 있는가봐?"

집 앞에서 마주친 경비 아저씨였다.

"네?" 하고 되물으니 "아니 그전에는 맨날 울상이더니, 오늘은 실실 웃고 있길래"라고 말했다.

몰랐다. 이제 갓 실업자가 된 시점에 웃고 있었다는 사실을 몰랐고, 그동안 웃지 않는 사람으로 여겨졌다는 사실도 몰랐다.

그때 문득 '그러면 된 거지 뭐' 하는 생각이 들었다. 앞으로 어떤 고난과 시련과 역경과 패배를 겪고, 와중에 슬픔과 고통과 분노와 증오의 나날들이 닥쳐와 얼마나 많은 시간을 자기혐오와 자기연민, 그리고 자기비하로 보내게 될지 모르겠지만, 지금 당장은 나도 모르게 웃고 있다면 그걸로 된 거지.

아직, 불행하지 않습니다

울타리 밖의 풍경은,

생각보다 처참하진 않았다. 아직까진 그랬다.

불길한 전주는 여전히 울려왔지만.

점점 멀어져가던 우주선이
수많은 별 중의 하나로 보이게 되었을 때,

그는 깨닫는다.

목을 죄어오던
답답함은 사라졌으나,

우주적 고독 속에
던져졌음을.

최후의
휴가

회사는 떠났지만, 아직 퇴사가 완료되진 않았다.

이틀인가밖에 사용하지 못해 2주가량의 연차 휴가가 남아 있었기 때문이다. 인사담당자는 내게 '돈으로 받겠느냐 아니면 연차를 사용하겠느냐?'고 물었고, 나는 '휴가를 다녀오겠다'고 말했다. 어차피 회사를 떠나는 마당에 휴가 같은 것은 의미가 없으니 돈으로 받는 것이 더 나은 선택일 수도 있었지만, 굳이 그러겠다고 한 것은 소소한 복수심 때문이었다.

여름휴가철을 앞둔 어느 날이었다. 팀장이 팀원들을 회의실로 불러모으더니, 유럽 토벌을 앞둔 칭기즈칸 같은 표정으로 말했다.

"설마하니 이 시급한 상황에 휴가를 가는 미친 새끼는 없겠지?"

상상을 돕기 위해 부연설명을 좀 하자면, 팀장은 40대 후반의 남성으로 허리디스크 때문에 한 시간 이상 자리에 앉아 있지 못하고 늘 엉거주춤 일어난 채 업무를 보았다. 게다가 잇몸이 무너져 임플란트를 심어야 하나 치료 기간 동안 금주해야 한다는 의사의 말에 치료를 미루고 미뤄 어금니의 상당수를 잃을 정도로 심한 알코올의존증을 겪고 있었는데, 대낮에도 술을 먹지 않으면 손이 떨리는 바람에 이 말을 할 때 역시 반쯤 풀린 눈에 손은 덜덜 떨고 있었다. '미친 새끼'라고 말하는 부분에선 침도 살짝 흘렸다. 너무 강렬해 잊을 수가 없는 장면이다.

그 말을 들은 팀원들은 모두들 몽고 장군 같은 표정으로 "예!" "물론이죠!" "당연합니다!"라고 말했고, 나는 그저 아무 말 없이 그 광경을 보고만 있었다. 달리 할 말도 없었지만, 의사 전달과 결정이 이렇게 족장회의같이 진행된다는 것에 충격을 먹었기 때문이다. 만일 팀장이 탕비실에서 양을 끌고 와 산 채로 목을 딴 뒤 쭙쭙 소리를 내며 피를 마셔도 놀랍지 않을 정도로 일방적이고 폭력적인, 그래서 야만적인 선언이었다.

"설마하니 이 시급한 상황에

휴가를 가는 미친 새끼는 없겠지?"

"예! 물론이죠!"

"당연합니다!"

얼마 후 휴가철이 되자 팀장을 포함한 모든 팀원은 휴가를 떠났다.

그중 팀장의 휴가는 주말까지 붙여 가장 길었다. 텅 빈 사무실에 홀로 앉아 있던 내게 이미 휴가를 다녀온 옆팀 직원이 "휴가 안 가세요?" 하고 물었다. 그때 결심했다. 언젠가 모든 휴가를 한 방에 쓰고야 말겠다고. 그날이 이렇게 찾아온 것이다. 물론 이런 식일 줄은 몰랐지만.

그래서, 오키나와로 떠났다.

'그곳은 아마 따뜻하겠지' 하는 생각 때문이었다. 당시는 한반도의 체감온도가 시베리아보다 더 낮다는 뉴스가 종종 들리던 겨울이었다. 정확한 기온은 기억하지 못하지만 개인적으로는 영하 100도는 되지 않을까 싶은 추위였다. 그것이 출근할 곳이 없어진 실업자라서 느끼는 추위인지, 앞으로 어떻게 살아야 할지 아직 갈팡질팡하는 와중이라 느끼는 추위인지는 모르겠지만, 여하튼 추웠고 싫었다. 어찌됐든 따뜻한 곳으로 가고 싶었다. 결국 돌아오게 되겠지만 당분간만이라도 떠나 있고 싶었다. 그래서 얼어붙은 몸과 마음을 좀 녹이고 싶었다.

여유가 좀 된다면 어떻게 살아갈지, 그리고 어떻게 죽어갈지에 대해서도 생각해보고.

오키나와가 낯선 분들을 위해 설명하자면, 오키나와는 인천

아직, 불행하지 않습니다

에서 비행기를 타고 두 시간 정도면 갈 수 있는 일본 최남단의 섬으로, 한겨울에도 평균기온이 영상 10도를 웃도는 매우 따뜻한 곳이다. 안타깝게도 아는 것이라고는 오직 그뿐, 다른 건 사실 아무래도 상관없었다. 그길로 비행기표를 예매한 나는 속옷 몇 벌과 칫솔만 담겨 덜컹거리는 빈 캐리어를 집어들고 도망치듯 공항으로 향했다.

공항은 사람들로 붐볐다. 모두들 어디로 떠나는 것일까. 여기서 실업자는 몇 명이나 될까. 앞으로 뭐 해먹고 살아갈지 고민하는 사람이 몇이나 될까. 어쩌면 공항에서까지 그런 쓸쓸한 생각을 하는 사람은 나 혼자인 게 아닐까, 하는 별 쓸데없는 생각을 하면서 출국을 기다렸다. 면세점에서는 아무것도 사지 않았다. 살 기분도 아니었고, 살 여유도 없었다. 놀러가는 것이 아니니까. 대기석에 앉아 커다란 유리창 밖으로 쉼없이 뜨고 내리는 비행기들을 바라보면서 문득 '잃어버린 자아를 찾을 수 있을지도' 하는 생각이 들었다. 많이들 그러니까.

어느 날 회사를 그만두고, 잃어버린 자아를 찾기 위해 여행을 떠난다. 회사 다니며 벌어 모은 돈을 여행중에 모조리 쓰고, 생판 한 번도 가본 적 없던 이국의 어느 뒷골목에서 마침 그곳을 지나던 도인과의 만남을 통해 언제 잃어버렸는지 눈치채지도 못하고 살아왔던 내 자아를 찾는다. 그리고 다시 돌아와 자신이 어떻게 자아를 찾았는가에 대한 책을 한 권 슥슥 쓴다.

그뒤의 이야기는 모른다. 아마, 자아와 함께 행복하지 않았을까 짐작만 할 뿐.

그래서, 나도 다급히 다짐했다. 이번 여행을 통해 기필코 남은 삶을 관통할 깨달음을 얻어 오겠노라고. 그것이 다짐해서 되는 일이 아니라는 것을 알면서도 다짐했다. 인도나 북유럽처럼 멀리는 못 가고 두 시간 정도 떨어진 비교적 가까운 곳이지만, 아마 내 자아는 그쯤에 있지 않을까, 하는 희미한 예감도 들었다.

눈보라 몰아치는 인천을 떠나는 비행기 안에서 멀어지는 나의 조국을 보며 자못 비장한 기분이 들었다. 창밖으로는 내가 아는 거의 모든 사람들이 멀어져가고 있었고, 나는 어느 누구도 나에 대해 알지 못하는 곳으로 날아가고 있었다. 그러니 비장할 수밖에. 그곳에서 나는 외지인이며 타인이고 불청객인데다 실업자이기 때문에 심히 비장했다.

게다가 가진 돈이 얼마인지 정확히 알고 있고, 앞으로 다시 돈을 벌게 될 날은 언제인지 알지 못하는 상황이기 때문에 더더욱 비장했다. 아니, 비통하다고 해야 할까, 비참하다고 해야 할까. 그제서야 '내가 무슨 짓을 하고 있는 건가' 하는 생각이

아직, 불행하지 않습니다

들었다. 있는 돈과 시간을 아끼고 아껴 아등바등 살아야 할 시점에 태평하게 오키나와라니. 게다가 서른이 넘은 나이에 자아라니. 어쩌면 나는 너무 추워서 조금 미친 것인지도 모를 일이다. 뇌주름 사이사이에 서리가 꽝꽝 들어차 고장난 것이 분명했다.

"간식 나왔습니다."

승무원이 종이상자를 건네주었다. 받아들었을 때 느껴지는 어설픈 가벼움이 빈약한 내용물을 가늠하게 했다. 간식상자를 열어보니 역시나 차갑게 식은 약식 한 덩이와 초코바 같은 것이 들어 있었다. 저가항공을 탔기 때문에 각오한 일이긴 했다. 나는 비닐에 싸인 약식을 한입 먹다 뱉은 뒤 상자를 덮어 치우고, 다시 승무원을 불렀다.

"무엇을 도와드릴까요?"

"물을 좀 한 잔……"

승무원은 웃으며 "잠시만 기다리십시오"라고 말하더니, 종이컵을 꺼내 물을 따라주었다. 나는 승무원이 건네는 종이컵을 받아들며 불현듯 '이것이 나의 남은 인생인가' 생각했다.

조금 고단하긴 해도 탈선할 일 없는 열차에서 뛰어내린 대가로, 나는 남은 인생을 다리도 뻗을 수 없고 허리도 기댈 수 없는 좁은 좌석에 앉은 채 차마 삼킬 수 없을 만큼 형편없는 약식을 종이컵에 담긴 물로 받아넘기며 살아내야 하는 것은 아닐까. 아니, 이렇게 비행기 타고 오키나와로 태평하게 떠나는 것조차 퇴직금이 남아 있을 때나 누릴 수 있는 호사일 테니, 이마저 바닥나면 나를 기다리는 것은 차가운 약식이 담긴 간식상자가 아니라, 비행기가 뜨고 지는 풍경이 바라보이는 공항 옆 어느 공터 구석에 선 채 이렇게 생각하는 것일지 모른다.

'나도 옛날엔 비행기 타봤는데.'

그렇게 생각하자 뒤늦게 한기가 느껴졌다.

분명히 한국을 떠나왔는데도 추위는 가시지 않았다. 비행기는 이미 착륙을 준비하고 있고 창밖으로 야자수가 늘어선 풍경이 보이기 시작했는데도, 목덜미가 서늘했다. 어쩌면 내 뇌가 얼어붙은 것은 한국의 추위 때문이나 내가 처한 상황, 심리적 압박 때문이 아닌, 그냥 원래 돌머리였기 때문인지 모른다. 어쩌면 내 자아는 잃어버려서 찾으러 갈 것도 없이, 신발 뒤꿈치에 말라붙은 껌처럼 대롱대롱 매달려 있던 보잘것없는 '무엇'은 아니었을까?

하나 마나 한 불길한 생각 속에 비행기는 공항에 착륙했고, 나는 오키나와에 도착했다. 아니, 추락했다는 쪽이 더 맞을 것이다.

아직, 불행하지 않습니다

공항을 나서니 후덥지근한 바닷바람이 불어왔고, 때마침 비가 내리고 있었다. 당연히 나는 우산을 챙기지 않았다.

어디에서 왔고,
어디로 가는가를
떠나서

나는 대개의 일을 그닥 고민하지 않는 사람이다. 그래서 주변 사람들에게 '생각 없는 놈'으로 불린다. 뭐, 맞는 말이라고 생각하면서도, 그렇게 생각이 없지는 않다고 '생각한다'. 변명하자면, 생각이 없다기보다는 생각해봤자 내 뜻대로 되지 않을 확률이 높다는 것을 전적으로 인정하는 쪽에 가깝다.

예를 들면 지금이 그렇다. 몇 시간 전까지 눈보라가 몰아치는 곳에 있던 내가 추적추적 비 내리는 곳에 도착하게 될 줄 '아무리 생각해봐도' 알 리가 없다. 물론 일반적인 사람이라면 도착 전에 스마트폰을 통해 도착지의 날씨나 기타 정보를 간단히 체크해보겠지만, 어떤 사람들에게는 그런 것을 생각해내고 확인하는 일이 불가능에 가깝다. 바로 내가 그렇다.

우리는―나 같은 사람들은―아무 근거 없이 원하는 무언가를 머릿속으로 상상하는 것을 즐길 뿐, 현실을 굳이 미리, 애써 마주해 즐거운 기분을 망치길 원치 않는다. 대신 피할 수 없는 현실이 눈앞에 닥쳤을 때는 즉각 인정할 뿐이다.

아아, 비가 오네. 그렇지. 우산이 없네. 어쩔 수 없지. 미리 알아볼 수도 있었겠지만, 굳이 그러고 싶지 않았어, 하고.

그런 쓸데없는 생각을 하면서 내리는 비를 바라보고 있는데, 내 옆을 지나친 한 사람이 출입구 옆에 꽂혀 있던 하얀 비닐우산을 자연스레 꺼내 쓰고 밖으로 걸어나갔다. 그곳엔 공항 이용객들을 위해 준비한 듯한 비닐우산들이 수북이 놓여 있었고, 아까 그 사람 말고도 미처 우산을 준비하지 못한 사람들이 그것을 쓱쓱 꺼내 쓰고 나갔다.

나는 인생이란 거대한 건빵 봉지와 같다고 생각해왔다.

그 봉지 안엔 먹자니 퍽퍽해 목구멍으로 잘 넘어가지 않는 건빵처럼 뜻대로 되지 않는 일들이 가득 들어 있는데, 사이사이 뜻밖의 일들이 마치 별사탕처럼 섞여 있어 꾸역꾸역 먹게 된다.

그리고 나는 방금 별사탕을 하나 발견한 터였다.

자연스럽게 우산을 하나 뽑아들고 밖으로 나온 나는, 오키나와의 지하철 격인 유이레일을 타러 갔다. 많은 사람들이 캐리어를 덜덜덜 끌며 한곳을 향하고 있었기 때문에 유이레일을 찾는 것은 어렵지 않았다. 역사는 국제선 공항과 조금 떨어진 국내선 공항과 이어져 있었고, 출입구엔 우산을 반납하는 곳이 있어 그곳에 우산을 접어넣었다.

유이레일은 공항을 기점으로 유명한 관광지인 슈리 성터까지를 잇는 두 량짜리 작은 모노레일이다. 양끝이 통유리로 되어 있어 앞칸에 서면 기사가 운전하는 모습을 볼 수 있었다. 파란 유니폼을 입은 운전기사는 열차에서 내려 사람들이 다 탑승한 것을 확인한 후 다시 운전석에 올라타 시계와 노선 운행 시간표를 번갈아 확인한 뒤 절도 있는 동작으로 출발했다. 단두 량짜리 모노레일을 운전하는 것인데도, 그 모습은 항공모함의 조타수를 연상케 할 정도로 진지했다.

공항을 벗어나자 이내 창밖으로 조용한 도시 풍경이 펼쳐졌다. 비가 계속해서 내려 창가엔 빗물이 얼룩져 있었고, 이미 밤이 찾아온 거리에는 반짝이는 전광판 불빛들이 빗방울 너머로 몽롱하게 빛나고 있었다. 때마침 단 한마디도 알아들을 수 없는 안내방송이 차내에 들려왔다. 아마도 다음 역을 알리는 것이겠지. 그제서야 타지에 와 있다는 것이 실감났다.

10여 개 남짓한 정거장이 그려진 노선표도, 멋진 로봇이 마스코트인 광고판도, 내 옆의 아저씨가 고개 숙인 채 들여다보고 있는 핸드폰 화면도, 모든 것이 살면서 처음 보는 것들뿐이었다. 유이레일 출입문에는 집게발에 붕대를 감은 채 눈물 한 방울을 흘리고 있는 게가 그려져 있었다. 게의 집게발도 차문에 끼면 뭉개질 수 있으니 조심하라는 뜻이겠지. 이 그림을 제외하고는 아무것도 이해할 수 없었다.

비로소 나는 아무도 나를 모르고, 나도 아무도 모르는 곳으로 왔다. 그게 무슨 의미가 있는지는 모른다. 그저 지나온 나의 삶이 어떤 의미도 가지지 못하는 곳에 도착해야만, 어디에서 왔고 어디로 가야 하는가를 떠나서 내가 어디에 있는가를 알아낼 수 있을 것만 같았다.

유이레일은 이따금 멈춰서 내가 모르는 사람들을 내려놓고 나를 모르는 사람들을 태운 뒤, 가본 적 없는 곳으로 덜컹덜컹 나아갔다. 그동안에도 비는 계속해서 내렸다.

눈을 떠보니 아침 6시 반. 그리고 오키나와.

전날 밤 숙소에 도착한 나는 곧바로 깊은 잠에 들었다. 꿈도 꾸지 않았다.

비로소 나는 아무도 나를 모르고,

나도 아무도 모르는 곳으로 왔다.

이미 해는 떠 있었고, 바닥에 내팽개쳐진 트렁크는 열지도 않은 채였다. 여행자라기보단 도망자의 모습이었고, 그것은 틀린 말도 아니었다.

고시원 같은 조그만 방에서 일어나 간단히 씻고, 1층 식당으로 아침을 먹으러 내려갔다. 변두리에 있는 조그만 비즈니스호텔이었지만 식당엔 사람들이 가득했다. 모두 양복을 입고 있는 걸로 보아 출장 온 회사원들로 보였다. 그들은 혼자, 혹은 두셋씩 무리를 지어 조용히 밥을 먹고 있었다. 나도 식판에 밥과 계란, 돼지고기조림과 낫토, 된장국 같은 것을 담아 자리로 돌아왔다.

어색한 풍경이었다. 불과 며칠 전까지만 해도 나도 저런 옷을 입고 하루를 보냈다. 유니폼이자 근무복으로, 때로는 운동복 겸 잠옷으로 양복을 입고 몇 년간을 살아왔다. 그런데 지금은 비가 덜 말라 꾸덕꾸덕한 셔츠와 청바지를 입고, 역시 비에 젖어 찌걱거리는 운동화를 질질 끌면서 양복을 입은 무리들 속에 앉아 있다니. 기분이 묘했다.

대충 식사를 한 뒤 호텔을 나섰다. 하늘은 파랗게 빛나고 있었고, 바다 쪽에서 훅하고 습한 바람이 불어왔다. 기온은 십몇 도로, 어제까지 영하 20도인 곳에 있었다는 것이 믿기지 않을 만큼 따뜻했다. 반바지와 반팔을 입어도 될 것 같았다. 오늘, 어디로 갈지는 모르겠지만 돌아오는 길엔 옷을 몇 벌 사야겠다고 생각했다.

호텔을 나서 길을 따라 걷기 시작했다. 좁은 도로 위로 자그마한 자동차가 달려 지나갔고, 인도에는 아기자기한 건물들이 촘촘히 이어져 있었다. 그 건물에 딸린 침대만한 넓이의 칸들로 구획된 주차장엔 자동차들이 신통방통하게 주차되어 있다. 횡단보도를 건널 때면 오키나와 전통음악이 들려왔고, 활엽수들이 심어진 중학교 운동장에선 야구부가 연습을 하고 있었으며, 조용한 주택가 한쪽에 피라미드처럼 웅장한 파친코 업장이 솟아 있었다. 파란색 모자를 눌러쓴 유치원 아이들이 그 앞을 지나갔다.

많은 것들이 내가 살던 곳과는 다른 방식으로 존재하고 있었다.

사람들도 달랐다. 길에 마스크를 쓴 사람들이 많았다. 마스크가 유행인가 싶어 한번 사볼까 하는 마음에 편의점에 들어가니, 종업원도 마스크를 쓰고 있었다. 순간 선악과를 따먹고 그제서야 내가 벌거벗고 있음을 자각한 아담이 된 듯해 마스크를 산 뒤 편의점을 나와 헐레벌떡 썼다.

그런데 조금 있으니 코가 간질간질했다. 코를 풀자니 번번이 마스크를 벗었다 써야 해서 번거로웠다. 그 정도야 뭐 감수할 수 있지만, 삼십 분쯤 지나니 내 입냄새가 코로 들어오기 시작하는데 이것은 도저히 견디기 힘들었다. 다른 사람들은 자신의 입냄새를 감수하고 마스크를 쓰는 것인가. 저기 출근하는 아가씨도, 학교를 가는 남학생도, 집 앞을 거니는 할머니도, 파친코 업장으로 들어가는 아저씨도, 모두들 이 악취를 견디며 마스크를 쓰고 있는 것인가. 정말로 괜찮은 것인가. 혹시 특수한 코를 가지고 있는 것인가. 이런 하등 쓸데없는 생각을 하며 걷고 걷고 또 걸었다.

목적지는 없었다. 떠나온 곳만을 알 뿐이었다. 언제까지 갈 것인가, 어디까지 갈 것인가 하는 것은 생각하지 않았다. 그저 낯선 거리를 걷고 또 걸었다. **당연히 막연했는데, 그 막연함이 좋았다. 그동안 나는 막연함과는 거리가 먼 세계에 살고 있었기 때문에.**

내가 살던 곳은 모든 길이 이미 정해져 있는 세계였다. 어린 시절부터 가야 할 길은 일관되게 공부로 향했고, 갈림길은 이과냐 문과냐 혹은 예체능이냐뿐이었다. 물론 어디를 선택하건 결국 '좋은 대학'으로 가야만 했다. 모든 대학들은 이른바 명문대부터 '지잡대'까지 세세하게 등급이 나뉘어 있었는데, '좋은 대학'이라는 것은 각 대학과 학과의 특성보다는 얼마나 높은 커트라인을 가졌는가(꼴찌로 입학한 애가 얼마나 공부를 잘했는가)와 얼마나 높은 아웃풋(취업률)을 내느냐로 갈렸다. 그곳은 일종의 공장이었다. 기업의 납품기준에 맞는 인원을 얼마나 출하하는가로 평가받는 취업 공장.

물론 높은 등급의 대학과 학과는 그럴 만한 이유가 있겠지만, 중요한 건 우리에게 '어떤 길을 원하냐'고 묻는 대신 하루날잡아 치른 시험의 결과로 개개인의 등급을 나눠 그 급에 맞는 대학의 학과로 가라고 떠민다는 것이었다. 그날 운이 안 좋아 설사병이라도 나면, 혹은 전날 긴장해 잠을 못 잤다면, 또는 얼마 전 불행히 다리가 부러졌다면 그것이 고스란히 결과에 반영되었다. 우리는 그렇게 받은 등급에 맞춰진 길을 가든가, 다시 1년간 새로운 등급을 받기 위한 시간을 보내야만 했다.

"저는 숲길을 걷고 싶습니다" "저는 바닷가를 걷고 싶어요" 혹은 "마스크를 쓴 채 저 자신의 구취를 맡으며 걷고 싶습니다"라고 말하면 '그것은 길이 아니다'라는 말을 들었다. 이미 내가 가야 할 길은 내 인생과 별 상관 없는 사람들이 만들어 정해놓은 상태였고, 내 의사에는 아무도 관심이 없었다. 가고 싶은 대로 혹은 발 닿는 대로 걷는 것은 곧 정해진 길을 바삐 걸어가고 있는 남들보다 뒤처지는 것을 의미했다. 오직 그런 길만이 있는 세계였다.

그런데 나는 직장도 없이 잔고는 줄어들고, 이제 와 뭔가를 시작하기도 참 어정쩡한 나이에, 이대로는 어디 가서 자기소개도 하지 못하는 상황에서, 무책임하게 훌쩍 다른 나라에 와 마

아직, 불행하지 않습니다

스크를 쓰고 내 입냄새에 시달리며 어딘지 모르는 골목을 걷고 있다. 뭘 해야 할지, 뭘 하고 싶은지, 뭘 잘하는지도 모르면서 '막연하니 좋네' 하는 생각을 하고 있다니.

도대체 어쩌려는 것일까.

누가 물어도 할 말은 없지만, 좋았다. 그뿐이다.

그저 걷고, 걷고, 또 걸었다. 내게 필요한 건 거창하고 위대한 무언가가 아니라 조금 걸을 수 있는 시간이었을는지 모른다.

매일 같은 하루가 반복됐다.

아침에 눈을 뜨면 전날도 입어서 땀에 전 옷을 주워입고 슬렁슬렁 1층 식당으로 내려가 양복 입은 샐러리맨들 사이에 끼어 앉아 밥을 먹었다. 호텔을 나서면 더이상 걷지 못할 정도로 지칠 때까지 걸었다.

목적지는 단 한 번도 없었다. 하루는 호텔 앞 길에서 오른쪽을 따라 쭉 걸어 다리를 건너고 언덕을 넘고 넘어 오키나와 공항 근처 미군기지까지 걸어갔고, 하루는 그 반대편을 따라 걷고 걸어 모노레일의 종점인 슈리 성터까지 걸었다. 관광객들이 붐비는 번화가부터 고양이들만 오가는 변두리 골목까지, 양복 입은 회사원들이 바삐 걸어가는 아침의 도심지부터 호객꾼들이 지나가는 남자들에게 빠짐없이 친근한 인사를 건네는 밤의 유흥가까지.

걷고 또 걸었다.

당연한 얘기겠지만, 아무런 일도 없었다.

기가 막힌 사건을 체험한다든가, 선문답으로 깨달음을 안겨주는 기인을 만나거나 하는 일은 없었다. 애초에 나는 일본어를 읽지도, 말하지도 못하니 까막눈에 벙어리요 귀머거리인 심정으로 그저 묵묵히 걷기만 했을 뿐. 이 골목을 지나면, 이 길을 건너면, 저 언덕을 넘으면, 저 중국인 관광객으로 바글거리는 슈리 성터에 올라 나하 시내를 한눈에 내려다보면 앞으로의 내 인생에 실마리가 될 만한 생각이 하나쯤은 떠오르겠지 하는 마음으로 몇 날 며칠을 걸었지만, 헛수고였다.

걷다 지쳐 어느 카페에 들어섰다. 바에선 주인으로 보이는 아주머니가 담배를 피우며 맞은편에 앉은 비슷한 연배의 손님과 시시덕거리고 있었다. 커피를 한 잔 시키고, 에어컨 바람을 맞으며 지도를 펼쳐보았다. 오키나와에서 가장 번화한 도시인 나하에 도착한 지 일주일쯤 된 날이었다. 지나온 길들을 대충 눈으로 살펴보니 나하 시의 동서남북 끝을 모조리 밟고 온 상태였다. 돌연 막막해졌다.

아직, 불행하지 않습니다

이제는 어디로 가야 하는가. 어디로 가야, 언제까지 걸어야 흐리멍덩하기만 한 내 앞날이 보일까 하는 생각에 조금 허탈하고 막연한 기분이었다. 여행을 떠나온 지 일주일이 지나서인지 떠나올 때의 기대라든가 흥분은 말끔히 사라진 상태였다. 슬슬 불안감이 다시 고개를 들었다.

여행을 떠나 '어떻게 살아갈 것인가' 혹은 '무엇을 하며 살 것인가', 아니 그 이전에 '내 삶에 대해 어떤 질문을 해야 하는가'에 대해 정확히 묻고, 나아가 그 답을 찾는다는 생각은 결국 낭만적인 현실도피였을 것이다. 책이나 영화, 다큐멘터리 같은 곳에서 많이 보아왔던 '여행을 통해 평생 동안 모르고 살던 나 자신에 대한 통렬한 성찰을 한다'는 것은 말 그대로 팔아먹기 좋게 편집되고 가공된 예쁜 허구였을 가능성이 농후하다는 것은 항공권을 예매하는 순간부터 진작 알고 있었다. 하지만 '나는 다를 것이고, 여행을 통해 무언가를 얻을 수 있을 것이다' 하는 속 편한 생각을 했던 것이 사실이다. 오키나와에 도착한 날 말했듯이, 나 같은 사람은 아무 근거 없이 '원하는 것이 이루어지겠지' 생각하길 좋아한다. 엄연히 존재하는 현실의 냉엄한 벽이 분명히 보이지만, 애써 눈을 흘기며 '벽 같은 걸 봤지만 아마 잘못 본 걸지 몰라' 하고 슬그머니 웃어넘기려 할 뿐.

하지만 이미 일주일간 흘러간 시간과 써버린 돈과 따라서 줄어든 잔고가 고개를 가로저으며 말한다.

'얄팍한 생각으로 떠나온 여행까지는 용납하더라도, 아무것도 얻어가지 못한다면 그것은 분명한 과오고 그에 따른 책임은 남은 인생을 통해 져야만 해.'

커피는 금세 마셨다. 그래도 입이 바싹바싹 말라왔다. 가게 안은 담배 연기가 자욱했고, 마치 내 마음속을 보는 것처럼 답답했다.

카페를 나와 또다시 걸었다. 다른 방법이 없었다. '하루 만 보 이상 걸으면 건강해진다니까' 마음먹고 애써 명랑한 척하며 걸음을 옮기는 수밖에. 어쩔 수 없었다. 아직도 여행은 열흘 이상 남아 있었고, 나는 아무것도 얻지 못한 상태니까.

'이건 내가 원한 삶이 아니다!' 싶어 직장에서 도망치고, '내 삶에 대한 답을 찾겠다!'며 모국에서도 도망쳤는데, 이제는 어디로 더 도망쳐야 할지 알 수 없는 상황이었다.

문득 영화 〈도망자〉가 떠올랐다. 해리슨 포드가 나왔다는 것만 기억날 뿐, 그래서 도망치는 데 성공했는지 잡혔는지 기억나지 않았다. 아마도 잘 도망쳤겠지. 아닌가 잡혔나. 잡힌 거면 어쩌지, 나도 잘 도망칠 수 있을까. 이런 생각을 하며 터덜터덜 걷고 있는데,

"헤에에에에이—"

누군가 나를 부르는 소리가 들렸다. 정신을 차려보니 나는 바

아직, 불행하지 않습니다

다 위를 가로지르는 고가도로의 인도를 걷고 있었다. 하지만 주변엔 씽씽 달리는 자동차뿐, 아무리 둘러봐도 사람은 없었다. 왼쪽에 수평선이 보였고, 오른쪽으로는 해변과 그 너머로 러브호텔들이 주르르 늘어선 풍경이 멀리 보이고 있었다.

"헤에에에에에에이이이이 —"

또다시 소리가 들렸다. 확실히 나를 부르는 것이었다. 하지만 이 나라엔, 이 섬엔 나를 부를 사람이 없다. 누굴까. 누가 나를 부르는 것일까. 소리는 오른편의 움푹하니 내륙으로 들어간 해변에서 들려왔다. 얼핏 해리슨 포드처럼 보이는 외국인이 나를 향해 손을 흔들고 있는 것이 보였다. 선글라스를 쓴 채 커다란 짐가방을 짊어지고 있었는데, 반바지를 입고 무릎 높이까지 바다로 걸어들어간 상태였다.

그는 손을 흔들며 다시 큰 소리로

"헤에에에에에에에에이이이이이이 —"

하고 외쳤다. 이유는 모르겠다. 사람 한 명 다니지 않는 바다 위로 놓인 고가를 넋 나간 사람처럼 걷는 내가 재밌어 보였던 것일까. 실상 내가 번뇌에 휩싸인 채로 고통스러운 여정을 보내고 있다는 것을 그는 모를 것이다. 그러니 저렇게 신나는 표정으로 손을 흔들어대는 것이겠지. 아니 어쩌면 저 사람도 무언가로부터 도피해 이 지구 반대편 일본까지 오게 된 도망자라서, 비슷한 처지의 내가 반가웠을 수도 있다. 말도 안 되는 소리지만.

어쨌든 나도,

"헤에에에에이이이이이 —"

하고 외치며 손을 흔들어주었다. 참으로 이상한 광경이었다. 심지어 우리는 서로의 모습을 카메라로 찍었다. 서로가 누군지 모르는 건 물론이거니와, 앞으로의 인생에서도 다시 만날 일은 없을 거의 완벽한 타인끼리 반갑게 인사했다.

마치 다른 궤도를 떠도느라 영원히 마주칠 일 없을 거라 생각했던 인공위성끼리 우연히 가까운 거리를 스치는 찰나, 맞은편 인공위성에 타고 있던 우주인과 눈이 마주친 기분이 들었다.

그것이 내가 한국을 떠나 일주일 만에 겪은 최초의 사건이고 마주친 최초의 기인인데, 당연히 큰 깨달음 같은 건 없었다.

⬤

열흘 넘게 걸은 뒤, 차를 렌트해 나하에서 삼십 분 떨어진 자탄 정으로 숙소를 옮겼다. 아무런 깨달음 없이 관절만 아파왔기 때문에 걷는 것은 그만뒀다.

그렇게 시간만 흘러갔다. 낭만은 애당초 사라진 상태였다.

76   아직, 불행하지 않습니다

대관람차
안의 절망

  나하에서 차로 삼십여 분 거리에 있는 마을 자탄 정은 '아메
리칸 빌리지'로 유명하다. 이곳은 어디에나 있는 비슷비슷한 옷
가지나 기념품들을 잔뜩 모아놓고 간판을 적당히 미국풍으로
만들어놓은 상가들의 집합소다. 유명하다고는 했지만 비수기
라 문을 열지 않은 곳들이 많아 오가는 사람보다 점원들이 더
많은 쓸쓸한 곳이었다. 상가 한복판에는 대관람차가 하나 돌
아가고 있었다. 타는 사람이 있는지 확인해보지는 않았지만
낮이건 밤이건 부지런히, 그리고 천천히 움직이는 걸로 봐서
영업은 하는 것 같았다.
  주위 풍경은 다소 황량했다. 도로 한끝에서 아프리카 음식

을 파는 흑인 아저씨의 푸드트럭에서 흘러나오는 레게 음악만
이 애처롭게 울려퍼졌다. 물론 그곳에도 손님은 없었다.

그 아메리칸 빌리지 한편의 '비치하우스'라는 임대아파트에
내 숙소가 있었다. 아침이면 창 너머로 파도 소리가 들려왔다.
그 소리에 잠이 깨 일어나 커튼을 걷으면 '선셋 비치'라는 이름
의 해변이 바로 코앞에 펼쳐지고, 그 이름에 걸맞은 햇살이 방
안으로 쏟아져들어왔다.

하늘은 원래 이런 색이었나 싶을 정도로 새파랗고, 바다 역
시 구태의연한 표현이지만 에메랄드빛이었다. 해안가를 따라
뻗은 산책 코스로는 미군이거나 그 가족으로 추정되는 외국인
여성들이 탱크톱에 반바지를 입은 채 유모차를 밀면서 조깅을
하고 있었다. 볕 좋은 곳에선 고양이들이 아무렇게나 드러누운
채 휴식을 취했다.

내가 머문 곳은 일곱 평이나 될까 한 작은 방이었다. 잠을 깬
나는 침대에 그대로 누운 채 파도 소리를 들으며 '무엇을 하며
살아야 하는가'에 대해 의식적으로 생각하곤 했다.

출근하지 않은 지 이제 기껏해야 한 달도 되지 않았지만, 현
실적인 생각을 시작해야 할 때였다. 언제까지 이렇게 놀 수만은
없으니까. 퇴직금은 기껏해야 일 년 정도 버틸 수 있는 수준이
었고, 권고사직이 아니었기 때문에 실업수당을 받을 수도 없었

다. 물려받을 유산 같은 것은 물론 없었다. 그렇다면 연말이 되면 높은 확률로 잔고가 바닥날 예정이었다.

'무엇을 해서 돈을 벌어야 하나.'

우스웠다. 회사를 들어가기 전과 같은 고민을 하고 있었기 때문이다. 그때 그 고민의 결과는 입사였고, 확실히 돈을 벌 수는 있었지만 그만뒀다. 단지 돈을 번다는 것만으로는 감당할 수 없는 영역이 있었다. 굳이 말하자면 존엄에 관한 문제였다.

입사 후 합숙 연수가 끝나고 얼마 지나지 않은 때의 일이다. 부서 발령이 난 후 첫 회식이 있었다. 기나긴 합숙 연수 과정을 통해 뇌 세척을 당한 상태였기 때문에 애사심은 하늘을 찌를 듯했고, 세계를 무대로 활약하는 멋진 나의 모습을 너무 많이 상상해온 터라 그것이 마치 확정된 미래처럼 느껴지던 때였다. 하지만 그 모든 것들이 와장창 깨져버린 순간은, 바로 그 이름도 거창한 신입사원 환영회식 날이었다.

1차에서는 밥을 먹으며 술을 마셨다. 먹은 양으로 따지면 밥보다는 술이 더 많았다. 몇 번인가 건배 제의도 했다. 이날을 위해 동기들끼리 건배사를 공유해 연습하기도 했다. 금세 만취했지만 모두들 즐거워 보였다.

2차로 노래방을 갔다. 그곳에서도 술을 마셨다. 노래방에서 술을 팔지 않는다고 하자 알바생을 향해 고래고래 소리를 지르던 차장은 어디선가 술을 구해왔다. 거푸 술을 마시며 노래를 불렀다. 모두들 입을 모아 신입사원의 패기를 보여달라고 말했고, 그게 뭔지 모르겠지만 보여주려고 애썼다.

그리고 3차. 시간은 이미 새벽을 향해 가고 있었고, 남은 인원은 남자들뿐이었다. 서로를 얼싸안고 만지작거리던 그들은 단란주점으로 향했다. 나는 술에 취해 눈앞이 번쩍번쩍하는 상황이었지만, 최대한 공손히 "이제 집에 가보겠습니다"라고 말했다. 술을 더 마셨다가는 내일 출근하지 못할 것 같았고, 단란주점이라는 곳을 가고 싶지도 않았다. 그때 아까의 그 차장이 내게 말했다.

"간다고? 너는 씨발새끼야, 회사생활 니 좆대로 하냐?"

그날이 아마도 부서 발령을 받은 지 일주일이 채 안 된 때였을 것이다. 하루도 지각하지 않았고 하루도 할 일을 빼먹지 않았으며 하루도 업무에 최선을 다하지 않은 적이 없었는데, 나를 환영하기 위한 회식 자리에서 단란주점을 가지 않겠다고 말한 이유로 나는 회사생활 좆대로 하는 새끼가 되어버렸다. 몰랐다. 함께 단란주점을 가는 것이 그렇게나 중요한 일인지 정말 몰랐다.

어찌됐든, 나보다 스무 살은 더 먹은 아저씨가 만취해 길바닥 위에서 내게 욕하는 것을 뒤로한 채 얼마 뒤면 해가 뜰 시간에 집으로 돌아왔다. 변기통을 부여잡고 몇 번인가 토한 뒤 곰곰

81

이 생각했다.

'돈을 번다는 것이 이런 건가.'

얼마 뒤 부모님에게 말했다.

"회사 그만 다닐까 해요."

당연하게도 부모님은 안 된다고 말했다. 입사 후 세 달인가 됐을 때였다.

"대기업은 대기업인 이유가 있는 거야. 그 안에 그만큼 훌륭한 사람이 많고, 훌륭한 일을 하는 시스템이 있다는 얘기니까. 한 번 안 좋은 일 있었다고 욱하지 말고 꾹 참고 4년만 다녀봐. 4년 동안 일하는 법을 배우고, 그러고 나서 이직을 하든 뭘 하든 생각해봐."

아버지의 말씀이었다.

이전에 말했듯 아버지는 내가 유치원에 다닐 적 정수기 외판원을 두세 달 정도 했을 뿐 평생을 동네 변두리에서 자영업만 해온 분이라 회사라는 것에 대해선 전혀 모른다. 하지만 우선 아버지의 말에 수긍했다. 그래, 맞는 말일 것이다, 라고 생각했다.

고작 회식 한 번에 회사와 조직을 평가한다는 것은 성급한 일이라 생각했다. 그래서 일단은 좀더 다녀보기로 했다.

그렇게 4년의 시간이 흘렀다. 몇 번인가 부서 발령이 있었고, 업무 역시 바뀌었다. 하지만 기이한 '조직 문화'라는 것은 변하지 않았다. (당시만 해도 회사 사정이 좋았기 때문에) 여전히 별이유 없는 회식은 자주 있었고, 회식할 명분이 없으면 부서원들끼리 법인카드로 술을 마셨다. 몇 번인가 유흥업소를 안 가려 한다고 욕을 먹었고, 회식을 빠지려 한다는 이유로 수차례혼이 났다. 여전히 그런 것들이 회사 업무나 직무 역량에 무슨연관이 있는지 이해할 수 없었지만, 평사원 시절부터 늘 우수해 전설이 되었다는, 40대 초반에 임원을 단 상무는 말했다.

"술을 잘 마시는 사람이 훌륭한 사람이다. 술을 잘 마시는 사람이 훌륭한 직원이야. 왜냐? 헌신을 하기 때문이지. 아내와 자식과 함께 보내야 할 시간, 쉬어야 할 시간, 놀 수 있는 시간을 망설임 없이 포기한다는 거, 다시 돌아오지 않는 인생을 상사의 호출에 언제든 포기하고 헌신하는 자세, 상사 입장에선 그것보다 믿음직한 게 없거든. 그러니까 마셔."

그렇다면 애당초 알코올중독자를 채용하면 되는 것이 아닌가 싶었지만, 그런 방법보단 멀쩡한 사람을 뽑아 알코올중독자로 만드는 것이 낫다고 생각하는 것 같았다.

적응해보려고도 애썼다. 하지만 쉽지 않았다. 술을 마시는 것보다 술을 잘 마셔야 훌륭한 사람이라는 그 논리를 이해하는 것이 더 어려웠다. 도대체 술과 업무가, 술과 조직이, 술과 사회가, 술과 인생이 무슨 그렇게 밀접한 연관이 있다는 것인지 납득할 수 없었다. 살아가기 위한 수단인 직장이 왜 내 삶을 송두

리째 요구하는지도 이해할 수 없었다.

이해할 수 없는 것을 이해하기 위해 노력하는 것은 서글픈 일이었다. 조직과 회사를 위해 그동안 살아왔던 방식을 바꾸고, 더러는 과정상의 불합리를 합리로 받아들이는 것이 사회생활일 테지만, 그러기 위해 노력하는 나날이 늘어날수록 나의 존엄은 너덜너덜해지고 있었다. 결국 나는 변하지 못했고, 조직에 적응할 수 없었다.

그렇게 돈을 벌기 위해 선택한 회사를 존엄 때문에 그만둔 마당에 나는 또다시 돈을 벌기 위한 선택을 고민하고 있었다. 머나먼 길을 돌고 돌아 다시 원점으로 온 셈이었다. 이번에 나는 어떤 선택을 하게 될까. 아직까진 무엇을 선택할 수 있는지조차 알지 못하는 상황이지만, 적어도 이전처럼 단지 돈만 버는 길을 선택하지는 않을 것이 분명했다. 그 끝에서 어떤 상처를 받았는지 아직 생생하게 기억하고 있기 때문에.

그렇다고 선뜻 그럴싸한 계획이 떠오르진 않았다. 그저 매일 드러누워 파도 소리를 들으며 이런저런 생각만 했다. 졸음이 오면 그대로 잠을 잤다. 배가 고프면 일어나 슬리퍼를 질질 끌며 근처 식당에 가서 밥을 먹었다. 소화시키기 위해서 선셋 비치를 따라 걷다보면 다시 쓸쓸한 아메리칸 빌리지에 도착했다. 마침 해가 질 무렵이면 해변에서 노을이 지는 것을 바라보고, 아무 식당에서나 밥을 먹었다. 그리고 다시 터덜터덜 걸어 숙소

아직, 불행하지 않습니다

로 돌아왔다. 바닷빛은 늘 아름다웠고, 매일 아침 파도 소리에 눈을 떴으며, 젊은 외국 여성들은 유모차를 밀며 씩씩하게 달렸고, 대관람차는 느릿느릿 돌아갔다. 내내 아무 일도 없었다.

딱 한 번, 가끔 들르던 닭꼬치 노점에서 일하는 청년이 "여기 사는 사람이냐?" 물어서 "아니다"라고 답했을 뿐. 어느 누구와도 대화하지 않는 날이 계속되었다. 도대체 뭐하러 온 것인지 알 수가 없었다.

그러던 어느 날부터 비가 내렸다. 며칠 동안 그치지 않아 산책도 하지 않았다.

종일 누워 생각에 생각을 거듭했지만 아무것도 생각나지 않았다. 그저 졸다 깨다만 반복했다.

⬤

아무도 부르지 않고, 그 어떤 일도 없으며, 가야 할 이유 또한 없지만 자탄 정에서 한 시간가량 고속도로를 달려 오키나와 본섬 중부에 위치한 나고 시에 도착했다. 오래전 멸망한 나라의 왕궁 같은 초라하면서도 기괴하게 거대한 시청이 있는 곳이었다. 이번엔 해안가 어느 오래된 호텔에 짐을 풀었다.

피곤했다. 며칠째 내리다 말다 하는 비 때문인지, 눅눅하게 습기를 머금은 침대 때문인지, 우중충한 커튼으로 막힌 창 때문인지, 아무리 걸으며 고민해봐도 여전히 알 길이 없는 내 인생 때문인지, 피곤했다. 하지만 어쩌겠는가. 다시 일어나 걸을 수밖에.

호텔을 나오니 비는 그쳐 있었지만, 구름이 잔뜩 낀 하늘 아래로 습한 바람이 쉼없이 불어왔다. 나는 호텔 앞을 지나는 2차선 도로를 건너면 바로 나오는 해변으로 걸어갔다. 문만 열면, 길만 건너면 바다인 곳이 온 섬에 즐비해서 이제는 별다른 감흥도 없었다. 이곳 사람들도 마찬가지인지, 그렇게 멋진 풍경에 떡하니 야구장이 들어서 있었다. 거창한 야구장은 아니고, 관중석도 없이 그냥 풀밭 위에 베이스 몇 개만 던져놓고 여기까지가 야구장입니다, 하는 식으로 대충 그물망을 쳐두었을 뿐이다.

습한 바람을 맞으며 야구장을 지나 해변가 모래사장을 걸었다. 저 앞에 개를 끌고 나온 할아버지가 서 있을 뿐, 그 외엔 아무도 없었다. 쓸쓸한 풍경이었다. 시큰둥하게 파도가 밀려들어왔다 나가며 자잘한 쓰레기 같은 것을 해안가로 떠밀어놓았고, 할아버지는 여전히 아까와 같은 위치에 서 있었다. 개는 익숙한 듯 가만히 곁에 앉아 있었다.

할아버지는 무엇을 보고 있는 것일까. 시선의 끝을 더듬어가보니 수평선을 향해 있었다. 저쪽이라면, 아마 대만이 가까울

아직, 불행하지 않습니다

것이다. 대만에 가고 싶은 걸까. 혹시 대만 사람일까.

해변을 조금 벗어나니 나무가 듬성듬성 자라고 있는 공원이 나타났다.

'21세기의 숲 공원', 그것이 이 무성한 잔디 사이로 나무가 띄엄띄엄 몇 그루 심어진 공원의 이름이었다. 일본이나 한국이나 이름이 '21세기'로 시작하는 것들은 대체로 급조되어 엉성한 느낌이다. 왜일까 생각해보니, 사람들이 21세기에 대해 너무 큰 기대를 했던 것은 아닌가 싶다. 적어도 나는 그랬다. 21세기가 되면 우주인들이나 착용할 법한 옷을 입은 채, 하늘을 날아다니는 자동차를 타고 전쟁과 기아와 질병이 해결된 세상에서 캡슐 식량을 먹으며 살아가게 될 줄로만 알았다. 그것이 허황된 생각이었다는 걸 세기말에 닥친 IMF를 통해 뼈저리게 느꼈지만, 그래도 뭔가 20세기와는 달라진 세상을 기대했다.

아마도 비슷한 이유로 이 숲도 탄생한 것이 아닐까. 지긋지긋하고 고단했던 20세기와 작별하고 (별다른 노력도 없고, 뚜렷한 근거도 없으면서) 멋지고 화려한 21세기를 맞이하기 위해 아무 연관도 없는 해변가 공터에 나무를 심고 다 같이 모여 박수를 치면서 하하하 웃었던 것은 아닐까.

결과적으로 우리가 고작 2000년부터 21세기인지 2001년부터 21세기인지를 헷갈리는 것으로만 겨우 21세기의 시작을 체감할 수 있었던 것처럼, 21세기의 숲 공원은 벌써 21세기에 들어선 지 십수 년이 지난 지금도 여전히 듬성듬성한 나무밖엔 볼 것이 없는, 좋게 보면 한적하고, 나쁘게 보면 시시한 공원이 되어버렸다. 그렇게 생각하니 참으로 잘 지은 이름이었다. 우리의 21세기는 겨우 이런 것이다, 라는 것을 잘 보여주는 셈이니까.

야외 공연용으로 만들어진 것으로 추정되는 무대 근처를 걷고 있는데, 발 앞쪽에 검은 고양이가 드러누워 있었다. 바로 앞까지 다가가보아도 꼼짝하지 않았다. 도리어 드러누운 채 고개만 돌려 노란 눈으로 나를 똑바로 바라보았다. 마치,

"도대체 너 무슨 생각이냐?"

하고 묻는 듯했다.

무릎을 굽히고 쪼그려앉아도 그 거만한 태도는 변함없었다. 천천히 고개를 움직여 계속 나를 주시할 뿐, 도망치려는 낌새나 경계하는 느낌은 없었다.

손을 내밀어 배를 만져도 미동조차 없었다. 그르렁거리며 기분좋아하지도 않았다. 아무런 감흥이 없다는 표정으로 누워만 있었다. 고양이가 무덤덤한 반응을 보인 탓도 있지만, 털이 말도 못하게 엉켜 있고 씻질 않아서인지 몸이 끈적해서 쓰다듬는 것은 이내 그만뒀다. 그동안에도 고양이는 여전히 가만 나를 바라보고 있을 뿐이었다.

"도대체 여기서 뭐하는 거야?"

하는 것처럼.

그러게, 나는 도대체 여기서 무슨 생각으로 뭐하고 있는 것
일까.

시시한 21세기를 확인하러 온 것은 아닐까, 생각하며 자리에
서 일어서 21세기의 숲 공원을 벗어났다. 덥지도 춥지도 않아
입김처럼 불쾌한 바람이 바다 쪽에서 불어왔다. 마치 누군가
내 뒤통수에 대고 이렇게 속삭이는 것 같았다.

"도대체 어쩌자는 거야?"

뒤돌아보니 검은 고양이는 여전히 21세기 언저리 어딘가
에 누워 있었고, 지나온 해변의 이름이 적힌 간판이 눈에 들
어왔다.

'21세기의 숲 비치.'

참으로 시시한 21세기들이었다.

⬤

그렇게 며칠을 또 아무런 일 없이 보낸 뒤, 다시 자탄 정으로
돌아왔다.

이제는 익숙해져 우리 동네 같은 선셋 비치를 걸으며 '슬슬
한국으로 돌아가야 할 때'라고 생각했다. 보름이면 무언가 발

견할 수 있겠거니 하며 떠나온 여행의 끝자락에서, 결국 아무 것도 찾지 못한 채 '이제는 떠나온 곳으로 다시 돌아갈 때'라는 사실만을 실감하고 있다니 실로 비참했다.

당연한 결과였다. 나를 궁지로 몰아넣으면 어떻게든 되겠지 하는 마음으로 도망은 쳤지만, 남들 보기엔 그냥 속 편한 누군 가의 한가한 휴가였을 뿐이었다. 결국 나는 지난 인생에서 무 수히 반복했던 실수를 거듭 저질렀다. 한편으로는 퇴사 후 자 아를 찾아 여행을 떠나는 사람을 비웃으며 그에 비할 바 아닌 멋진 여행을 하게 될 줄 알았는데, 그럴 자격조차 없는 형편없 는 꼴이었다. 애당초 비장한 결심을 하기 위해 절박한 모험을 떠난 누군가와는 출발선부터 달랐던 것이다.

터덜터덜 걷다 고개를 드니 아메리칸 빌리지 한복판에 우뚝 솟은, 쓸데없이 웅장하기만 한 관람차가 눈에 들어왔다. 아직 해가 저물지 않아서 조잡한 네온사인은 켜져 있지 않았지만, 눈치채지 못할 정도의 속도로 슬슬 움직이고는 있었다. 그 순 간, 나는 밑도 끝도 없이 생각했다.

'그래. 이 관람차를 타고 한 바퀴 돌 동안 혼신의 힘을 다해 고 민하면 앞으로 살아갈 방향에 대해 신탁을 얻을 수 있을 거야.'

물론 언제나처럼 근거는 없었다. 하지만 그래야만 했다. 이대 로 한가하게 빈손으로 돌아갈 수는 없었다. 마지막의 마지막까 지 나는 어리석은 생각만 했다. 알면서도 어쩔 수 없었다. 누누이 말하지만 그것이 어리석음이다.

휴가철이라면 좀 다를 테지만, 비수기 휴양지의 관람차는 타려는 사람이 없었다. 매표소 안에 무기력한 표정으로 앉아 있던 점원은 더빙이 아닌가 싶은 상냥한 목소리로 인사하며 표를 건넸고, 탑승 대기장소에서는 역시나 시큰둥해 보이는 직원이 목소리만은 친절하게 내며 표를 받았다. 명랑하고 친절한 사람이 어딘가 숨어서 복화술을 하는 건 아닌가 싶을 정도로 이질적인 장면이었다. 그런 생각을 하는 사이 내가 타야 할―그리고 앞으로의 운명을 결정할― 관람차의 문이 열렸다.

고백하자면 관람차를 타보는 것은 처음이었다. 평소 의미를 알 수 없는 놀이기구라고 생각해왔다. 속도가 빠른 것도 아니고, 특별히 어떤 볼거리가 있는 것도 아니다. 시속 100미터 정도이지 않을까 싶은 속도로 천천히 움직여 높은 곳을 한 번 올라갔다 다시 같은 속도로 느릿느릿 내려올 뿐인 20세기의 놀이기구니까. 짜릿함으로 따지면 회전목마와 비슷한 수준이니 당연히 별 관심이 없을 수밖에. 아주 오래전 놀이공원이라는 것이 최초로 만들어져 원숭이와 코끼리를 보는 것만으로도 사람들이 흥분하던 시절엔 제법 신기한 탈것이었겠지만, 이제는 시대에 뒤처진 것이 되었다. 당장 오키나와에 오기 위해 탄 비행기만 해도 관람차보다 천만 배는 빠른 속도로 백만 배는 높은 곳까지 올라갔다 내려오니 이런 구시대의 유물이 스릴 있을 리가. 차라리 빠른 엘리베이터가 더 짜릿할 것이다. 이런 것을 타는 사람은 아마도 지난 세기를 추억하려는 사람들뿐이겠지.

관람차는 불길하게 삐거덕삐거덕하는 소리를 내며 천천히 움직였다. 예상보다 느린 속도로, 예상대로의 경로를 거쳐, 예상과 한 치도 다름없는 풍경을 보여주며 천천히, 천천히 움직였다. 그렇게 올라가고 있다는 사실을 알아채기도 힘들 정도로 서서히 올라간 후 한참이 지났을 때 문득 창 너머를 보니 지난 보름간 허망하게 돌아다니면서 마주한 풍경이 눈 아래로 시시하게 펼쳐졌다.

애당초 특별한 풍경을 기대한 것은 아니었다. 하지만 '앞으로의 내 인생을 결정할 만한 계시를 받지 못할 게 분명하다'는 직감이 들 정도로 평범했다. 그래도 미술시간에 봤던 터너의 풍경화처럼 좀더 웅장하고 경이로우며 장엄한 광경이길 바랐는데, 지난 내 30여 년의 인생에서 보아온 풍경들과 각도만 좀 다를 뿐, 특별한 구석이 없었다. 이래서야 구글 어스Google Earth를 보는 것과 별 차이가 없었다.

그런 와중에도 관람차는 점점 더 높이 올라갔고, 머지않아 정점을 찍을 것이란 생각이 들자 불안해졌다. 이따위 풍경으로는 아무런 계시도 받지 못할 게 뻔하기 때문에, 이대로 내 여행이 소득 없이 끝나버릴 거란 예감에 불안해졌다. 그래서 나는

아직, 불행하지 않습니다

주먹에 힘을 쥐고 온 정신을 집중했다. 사람이 궁지에 몰리면 헛된 짓에도 혼신을 다하는 법. 대관람차가 정상에 도달하는 그 순간 바로 정수리가 찌르르해지는 영감 내지는 계시를 받고야 말겠다는 각오로 온 힘을 다해 정신을 집중했다.

이 관람차가 정상에 다다르면 나는 반드시 깨달음을 얻으리라. 지금까지의 풍경은 지난 내 인생을 타인의 시점에서 바라본 것과 별반 다를 바 없이 시시했지만, 꼭대기에 다다른다면 세상이 완연히 다른 각도로 보일 것이다. 때마침 선셋 비치 너머 수평선으로 잠기는 태양이 절묘하게 만들어내는 석양 또한 분명히 아름다울 테니까.

그래. 선셋 비치의 석양이 열쇠였다.

나는 어쩌면 대관람차 정상에서 선셋 비치의 석양을 봐야만 하는 운명일는지 모른다.

입사도, 퇴사도, 그리고 여행을 떠나고 여행 막바지에 이르러 마치 뭐에 홀린 듯 흘러 흘러 이 선셋 비치까지 다다른 것도 모두 인지를 초월하는 미지의 존재에 의해 이미 정해진 것일지 모른다. 이 대관람차에 올라 선셋 비치의 석양을 보고 거대한 깨달음을 얻기 위해 나는 그 긴 방황을 한 거란 생각도 들었다. 관람차는 이제 곧 정상에 도달할 찰나였고, 슬그머니 웃음이 나왔다. 보리수나무 아래 석가모니의 심정이 이와 같았을까. 이윽고 나는 궤도 정상에 도착했다.

그리고 내가 본 것은 뿌연 안개 너머 태양인지 뭔지가 흐리멍 덩하게 사라지는 광경이었다. 그 모습이 마치 내 미래 같았다.

그것이 다였다.

덜컹, 하는 소리와 함께 최고점을 찍은 관람차는 올라왔을 때와 마찬가지로 삐거덕삐거덕 소리를 내며 천천히 내려가기 시작했고, 나도 느릿느릿 절망의 나락 속으로 따라 내려갔다.

결국 아무것도 찾지 못했다.

그 생각만 천 번도 더 하면서 천천히, 천천히.

그리고 내가 본 것은

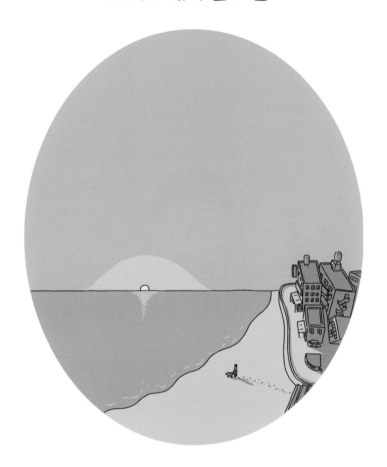

뿌연 안개 너머 태양인지 뭔지가
흐리멍덩하게 사라지는 광경이었다.

그 모습이 마치

내 미래 같았다.

눈보라가
몰아쳐도

　돌아오는 날은 화창했다. 기온은 영상 21도였고, 나는 반팔에 반바지를 입고 있었다. 공항으로 가기 전 마지막으로 들른 곳은 햄버거 체인점인 A&W였다. 루트비어를 파는 것으로 유명한 곳인데, 한 번 먹어보고 두 번 다신 도전하지 않았다. 물파스를 마시는 것 같다고들 했지만 내 입맛엔 너무 달았다. 쫀득쫀득한 감자튀김도 팔았다. 그건 매우 좋았다.

　햄버거 세트를 하나 시켜서 매장 밖 테라스에 앉아 먹었다. 햇살이 강렬해 절로 눈이 찌푸려졌다. 가만히 앉아 있는데도 등에 땀이 흘렀다. 금세 음료수를 마셔버리고 얼음만 남아 추가로 아이스커피를 시켰다. 2월인데 21도라니. 이 사람들은 추위라는 것을 알고는 있을까 생각하는데, 눈앞에서 패딩 점퍼를 입은 아주머니가 유유히 걸어간다. 그러고 보니 쇼핑몰에서는 겨울옷을 팔고 있었다. 내 눈에 띄지 않았을 뿐이다. 이곳엔 나름의 겨울이 존재하고 있었다. 패딩 입은 아주머니를 눈으로 따라가니 내가 다 더웠다. 발목 부근이 간지러웠다. 며칠 전 모기에 물린 자리였다. 그 부분을 손가락으로 긁적거리고 있는데, 대로변 고가 위로 유이레일이 슈우우우우 하고 다가와 멈춰서는 것이 보인다. 하늘은 새파랗고 목화솜 같은 구름이 둥둥 떠 있다. 공기는 뜨뜻미지근했다.

그리고 나는, 이제 돌아가야 한다.

지난 보름간은 시답잖은 농담 같았다. 아무 의미 없었다. 어느 누구도 만나지 못했고, 특별한 사건도 없었으며, 아무것도 깨닫지 못했다. 결과적으로 내가 어디로 가야 하는지도 알아낼 수 없었다. 어디선가 사회자가 하하하 웃으며 나타나 나에게 '지금까지 몰래카메라였습니다'라고 말해주면 좋겠지만, 당연히 몰래카메라도 아니었다. 지켜봐주는 관객이 없는 것은 물론이거니와, 나는 몰래카메라에 나올 만한 인간도 아니었다. 그게 문제였다. 내가 아무것도 아니라는 것. 지난 여행을 통해 얻은 게 있다면 그 사실을 확인한 것뿐이었다.

고등학교 2학년 때부터 어렴풋이 짐작은 해왔다. 어쩌면 나는 주인공이 아닐 것이라고. 세상이 거대한 무대라고 한다면, 나 같은 시시껄렁한 사람이 주인공이라는 상상은 도저히 할 수 없었기 때문에. 그렇다면 나는 무엇인가. 내가 서 있는 무대는 어디인가. 아마도 높은 확률로, 어릴 적 보았던 약장수를 따라다니는 서커스 단원 비슷한 것이 아닐까. 거기서도 차력이나 칼 던지기를 하는 메인 캐릭터는 아니고, 그저 본무대 시작 전 흥을 돋우기 위해 바보 흉내를 내는 바람잡이 같은 것이 아닐까 하고 진지하게 생각했다.

십수 년이 흐른 뒤 서른세 살이 된 나는, 열여덟의 내가 예상했던 것과 한 치도 다름없는 시답잖은 사람이 되어버렸다. 그때의 예감은 정확했다. 역시 나는 주인공이 아니었다. 모험은 주인공의 것이다. 보물도 주인공의 것이다. 깨달음도, 즐거움도, 행복한 결말도 주인공의 것이다. 나는 '혹시나' 하는 마음에 모험을 떠나봤으나, 주인공의 뒷배경을 스치는 관광객 73이었다는 것만을 알게 된 셈이다.

다시 말하지만, 나는 아무것도 아니었다.

젊은 여행객 서넛이 요란하게 웃으며 카운터에서 테라스로 나왔다. 루트비어를 하나씩 손에 든 채였다. 그중 한 명은 가이드북을 들고 있었고, 다들 트렁크를 끌고 있었다. 밝은 표정, 들

뜬 목소리. 이제 막 공항을 벗어난 것 같았다. 자리에 앉은 그들은 연신 웃으며 앞으로의 계획에 대해 이야기했다. 오늘은 슈리 성을 가고 내일은 추라우미를 간 뒤, 그 다음날은 만자모에 가자는 이야기를 하고 있겠지. 부러웠다. 어쩌면 저들은 주인공일지 모른다. 적어도 저들의 기억 속에서 내내 주인공으로 회자될 수 있을 것이다. 당혹스러웠던 순간에 대해, 즐거웠던 경험에 대해, 놀라웠던 풍경에 대해 서로가 서로의 관찰자이자 조연으로서 상대가 얼마나 주인공다웠는지에 대해 이야기해주고, 때론 상대를 자신의 조연으로 등장시켜 회상할 수도 있을 것이다.

나는,

쪼르륵. 커피는 진작 다 마셔 얼음 녹은 물만 빨려올라왔다.

아무것도 아니었다.

그리고 이제 돌아가야 한다. 내가 떠나왔다는 것을 아무도 눈치채지 못한 곳으로 다시. 자리에서 일어나 트렁크를 끌며 매장을 벗어나 유이레일 정거장으로 향했다. 한참을 걷는 동안에도 아까 그 여행객들의 웃음소리가 들려왔다. 분명히 높은 온

아직, 불행하지 않습니다

도 때문이다. 고등학교 물리시간에 배웠다. 낮에는 소리가 더 멀리 퍼진다. 아닌가, 그 반대인가. 아무래도 상관없다. 웃음소리는 한참을 들려왔고, 내 트렁크 바퀴가 덜덜거리는 소리가 부끄러웠다. 나는 영락없는 '아저씨 여행객 1'이었다. 물론 이 신의 주인공은 저 여행객들일 테지.

비행기엔 사람이 많지 않았다.

승무원들이 청바지를 입는 것이 특징인 항공사였는데, 문득 여성 승무원들은 치마와 청바지 중 어느 쪽을 선호할까 하는 생각이 들었다. 어떨까. 편하기야 청바지가 더 편하겠지만, 일터에서 그 '편함'을 강요당하는 것이 혹시 더 불편한 사람도 있지 않을까. 뭐가 됐든 나와는 상관없는 것이겠지만. 나는 왜 이렇게 서글프도록 어설픈 여행에서 집으로 돌아가는 순간까지 이런 시시한 생각이나 하는 것일까.

목이 말랐다.

"실례합니다. 제가 목이 말라서 그런데, 시원한 냉수 한 잔 부탁드리겠습니다"라고 말하는 대신 나는 "저어기 무울…… 좀…… 주시……" 하고 말했다. "네. 여기 있습니다" 하며 승무원이 내게 종이컵에 담긴 물을 건넸다.

정확한 발음으로 활짝 웃으며 말하는 모습이 마치 주인공 같았다. 왠지 눈물이 날 것 같았다. 슬픈 건 아니었다. 다만 살면서 이럴 때가 종종 있었다. 자신의 일에 충실하고 훌륭해서 주인공처럼 보이는 사람이 내게 말을 건네줄 때 괜히 '아이고 나 같은 엑스트라한테까지 뭐 이렇게' 하는 식의 감격이랄까 송구함이랄까. 생각하면 할수록 나는 시시한 삶을 살아왔다.

돌아가는 시간은 떠나올 때보다 더 빠르게 느껴졌다. 아마도 자전 때문일 것이다. 고등학교 지구과학 시간에 배웠다. 비행기로 동에서 서쪽으로 갈 때는 자전 때문에 더 빨리 날아간다. 아닌가. 그 반대인가. 역시 아무래도 상관없다. 어찌됐든 비행기는 눈 내리는 인천공항에 도착하고야 만다. 창밖으로 야구공만한 눈이 펑펑 내리고 있다. 정확한 기온은 모르지만 활주로를 오가는 인력들은 북극곰같이 옷을 껴입고 있다. 비행기가 멈추고 안내방송이 나옴과 동시에 사람들은 자리에서 벌떡 일어나 분주하게 자신의 짐을 끌어내린다. 그 무질서한 부산함과 기내를 가득 채우는 조급함의 소용돌이 속에서 새삼 한국에 왔음을 실감한다.

가만히 자리에 앉아 있는다. 조금이라도 늦게 도착하고 싶다. 살인적인 눈덩이가 하늘에서 쏟아져내리는 기후와 아무런 기술도 계획도 없는 30대 실업자라는 현실을 싫어도 마주해야 하는 순간을 한시라도 늦추고 싶다. 애써 멍하니 창밖을 바라

아직, 불행하지 않습니다

보는 사이 대부분의 승객은 내려버렸다. 그제서야 자리에서 일어나 느릿느릿 짐을 꺼낸다. 짐이라고 해봤자 배낭 하나와 면세점에서 산 과자 몇 봉지뿐. 축 처진 어깨로 떨어지지 않는 걸음을 옮겨 비행기에서 내리는데 승무원이 완벽한 웃음을 지으며 내게 인사했다. 나는 언제나처럼 어색한, 살짝 경련을 일으키려는 듯한 웃음으로 답했다.

하지만 비행기에서 바로 내리진 못했다.

차마 발이 떨어지지 않아서라거나 이대로 한국에 들어가기 싫은 마음에서는 아니었고, 반팔 반바지 차림이었기 때문이다. 옷은 당연히 트렁크에 넣어 수화물로 보낸 상태였다. 그러나 어쩔 수 있나. 나아가야지. 아무런 계획도 대책도 없지만 가다보면 어떻게든 되겠지.

눈보라가 몰아쳐도 나아가봐야지.

눈보라가 몰아쳐도

나아가봐야지.

2부

불안한
자유
위에서

다행스럽게도
아직은,

　창밖으로는 눈이 펑펑 내리고, 방에 앉아 있는데도 손발이 시렸다. 한국의 집으로, 그리고 현실 세계로 돌아온 것이다. 돌아와 무엇을 했느냐면, 이제는 슬슬 지겨워지기까지 한 '어떻게 살아갈 것인가?'라는 질문을 다시 했다. 좀체 알 수 없었다. 내가 생각한 것들에 대해 많은 사람들은 그게 무엇이건 간에 '늦었다'고 말했고, 실로 그랬다. 그렇다고 손놓고 앉아 있을 수만은 없었다. 그러니 생각하고 또 생각해볼 수밖에.

　당연히 답이 떠오르진 않았다.

　돈을 벌어야 한다는 것은 알겠는데, 돈만 벌고 싶진 않았다. 당장 돈 벌자고 아무 일이나 시작하자니, 분명히 지금처럼 그만두고 후회하고 다시 또 방황할 게 뻔했으니까. 그것만은 피하고 싶었다. **확실하게 돈은 벌지만, 분명하게 불행하다고 느끼는 삶이 얼마나 끔찍한 것인지 나는 알고 있었다.**

끼니는 주로 시리얼로 때웠다. 아침에 일어나면 시리얼에 우유를 부어 먹었다. 그리고 이불을 덮은 채 방바닥에 누워 '어떻게 살아갈 것인가?' 하는 생각을 하다 자연스레 다시 잠들었다. 잠에서 깨면 다시 시리얼에 우유를 부어 먹었다. 그리고 또 생각 좀 하다 태평하게 잠들었다. 그 짓을 저녁까지 반복했다. 시리얼은 한 가지만 먹으면 질리기 때문에 보통 맛과 초코 맛, 말린 딸기가 들어 있는 것 등 몇 가지를 사놓고 돌아가며 먹었다. 하지만 질리긴 마찬가지였다. 게다가 하는 일도 없으면서 예상보다 많이 먹었고, 우유는 생각보다 비쌌다. 결국 우유 양도 줄였다. 국사발에 먹던 걸 밥그릇으로 바꾼 뒤, 밥그릇 가득 사료처럼 담긴 시리얼에 우유를 적신 후 비벼먹었다.

이것이 현실이었다. 의식하지 않고 선택할 수 있던 것들이 하나둘 사라지고 있었다. 눈치채지 못하거나 외면할 수 없는 방식으로 확실하게 부재함을 드러내며 사라져갔다. 마치 버튼이 네댓 개밖에 없는 자판기만 존재하는 세상 같았다. 그러니 '앞으로 어떤 삶을 살아야 하는가'에 대한 결정이 더욱 어려울 수밖에. 그리고 그런 생각을 하는 잠깐 사이에도 버튼이 하나 사라져버리는 삶.

　바닥에 누운 채 영화를 보기도 했다. 어떤 목적을 가지고 보
진 않았다. 그냥 뭐라도 하고 있다, 는 기분을 느끼고 싶은 쪽
에 가까웠다. '나는 지금 영화를 보고 있다. 아무것도 안 하는
건 아니야' 하는 식으로. 다행히 무료로 보여주는 영화가 많았
다. 〈반지의 제왕〉을 그제서야 다 볼 수 있었다. 투명인간을 만
들어줄 뿐인 반지에 모두(마법사와 요정왕과 호빗과 사우론 등
등)가 왜 그렇게 매달리는지 끝끝내 이해할 수 없었지만 여하
튼 다 보긴 했다. 해가 뜰 때까지 영화를 보는 날도 있었다. 보
통은 그대로 누운 채 잠들었다. 일어나서는 다시 시리얼을 먹었
다. 달리 할 수 있는 게 없었다.

　그렇게 한 달 정도를 보냈다.

　여전히 추웠고, 여전히 모르겠는 것뿐이었다. 하지만 시리얼
을 먹고 고민하다 잠들고, 깨어나면 다시 그 과정을 반복하는
시리얼교 수도승 같은 삶을 계속했기 때문일까. 고민하는 것도
익숙해졌다. 소림사 영화에 나오는 모래주머니를 차고 달리는
스님들이 처음엔 온갖 번뇌에 시달리다가도, 어느 날부터 그 무
게를 느끼지 못하는 것이 어쩌면 이와 비슷한 원리일지 모르겠
다. 어찌됐든,
사는 게 단순해지자 생각하는 방식도 단순해졌다.

　답이 떠오르지 않는 것은 질문이 너무 복잡하기 때문일 것이

아직, 불행하지 않습니다

다. 어차피 선택할 수 있는 것이 몇 남지 않은 상황이라면, 선택할 수 있는 것들만 선택하면 될 일이었다. 그게 말처럼 쉬운 일이겠냐마는, 도리가 없다. 말했듯이 내가 누를 수 있는 버튼은 몇 되지 않기 때문에.

'불행해지지만 말자.'

나는 다짐했다. 그것이 무슨 일이든 상관없다. 어떤 선택으로 어떤 상황에 처하건 불행하다고 느끼지만 않을 수 있다면, 무엇이건 상관없다. 중요한 것은 내가 불행한가 그렇지 않은가뿐이다. 사실 '불행해지지만 말자'라는 말만으로는 좀 부족하다. 불행하다는 것은 어떤 과정의 결과로 나타나는 상태이기 때문에, 그렇게 되지 말자고 해서 안 되는 게 아니다. 하지만 내가 말하는 것은 불확실한 미래에 관한 것이 아니다. 돌아보면 '미래의 행복을 위해 오늘의 고통은 참아야 한다'라는 생각이 내 모든 불행의 원천이었다. **미래에 진짜 얻을 수 있을지 알 수 없는 뜬구름 같은 행복을 위해 나는 분명히 실재하는 오늘의 고통과 슬픔을 무수히 감내해야만 했다.**

좋은 대학에만 가면, 좋은 회사에만 가면 행복해질 거라는 사탕발림에 놀아나 수많은 즐거움을 포기해야만 했던 지난날들. 생각하면 눈물이 날 정도다. 왜 나는 고등학교에 다닐 적 연애 한번 해보지 못했는가. 대학 다닐 적 클럽 한번 가보지 못하고 미팅 한번 해보지 못했는가. 잠들지 않기 위해 애쓰며 괴로 워하고, 연이은 경쟁 속에서 누적된 피로 위에 다시 피로를 쌓는 나날을 보낸 끝에 드디어 좋은 회사에 들어갔음에도 어째서 삶의 질이 나아지기는커녕 더 열악해져만 간 것일까. 바로 그 '미래의 행복' 때문이다. 고작 그것 때문에 나는 지난 수십년을 불행하게 지내야만 했다.

그러므로 '불행해지지만 말자'는 말은 현재에 관한 것이다. 다시 말하면 '지금 불행해지지 말자'인 셈이다. 행복에 대해서는 생각하지 않기로 했다. 그것은 너무 먼 얘기이기 때문이다.

이런 생각에 빠져 있을 즈음, 막 보던 영화가 끝났다. 시간여행에 대한 이야기였는데, 집중하지 않아서 줄거리는 이해하지 못했지만 행복한 표정으로 키스하는 남녀 주인공을 보니 어떻게 잘 마무리된 것만은 알 수 있었다. 때마침 멀리서 동이 터오고 있었다.

바닥에 드러누운 채 나는 생각했다.

'나는 지금 불행한가?'

다행히 아니었다.

아직은.

아직, 불행하지 않습니다

'나는 지금 불행한가?'

다행히 아니었다.
아직은,

자위록

시간이 느리게 흘러간다.

회사 다닐 적엔 새벽에 눈떠 출근하자마자 점심이 되고, 정신 차려보면 해가 져 있었다. 그러나 이제는 눈을 떠 한참을 침대에 누운 채로 가만있어도 몇 분 흐르지 않는다. 혹시 아인슈타인이 상대성 이론을 생각해낸 것도 어느 게으른 아침이 아니었을까.

할 일이 없다보니 안 하던 일들을 하게 된다.

책상을 정리해본다. 사놓고 앉을 일이 없던 책상이다. 책꽂이엔 업무와 관련해 샀던 책들이 잔뜩 꽂혀 있다. 시험을 보기 위해 산 문제집들(회사에 와서도 공부하고 자격증을 따야 할 줄은 몰랐다)과 사놓고 펴보지도 않은 자기계발서들. 상무인지 전무인지가 감명 깊게 읽었다며 나눠준 (아마도 법인카드로 샀을) 책들. 모두 뽑아 한곳으로 모은다. 재활용 쓰레기 버리는 날 내다 놓을 것이다. 그런 책들을 빼놓고 보니 남는 게 별로 없다. 참 많은 것들이 회사와 연관되어 있었다는 것을 새삼 깨닫는다.

단출해진 책꽂이에서 신입사원 연수 때 쓰던 일기장을 찾아낸다. 훈련소에서 쓰던 수련기처럼 그날그날 교육받은 내용과 감상을 적던 이 책의 이름은 '수양록'이었다. 표지엔 공채 몇 기 몇 차 연수생인지를 적는 난이 있고, 삐뚤빼뚤하게 쓰인 내 글씨가 보인다. 연수원에 도착해 설레는 마음으로 이름을 썼던 것이 생각난다. 그때는 몰랐다. 불과 4년 만에 회사를 그만둘 줄 상상도 못했다. 대표이사까지는 솔직히 무리라도 임원까진 될 수 있을 줄 알았다.

아침이면 내가 사는 고급 맨션 앞으로 운전사가 대형 세단을 끌고 오고, 회사에 도착하면 비서가 커피를 타놓은 채 오늘의 스케줄을 브리핑해주는 상상을 진지하게 했었다. 글씨가 삐뚤빼뚤한 것은 상상만으로도 너무 설렜기 때문이 아닐까. 모르겠다. 벌써 4년이나 지난 일이다. 의자에 앉아 수양록을 펼쳐든 채 뭐라고 썼는지 읽어보았다.

전날 숙면을 취하지 못해 일과시간에 많이 피곤했다. 내일부

터는 본격적인 교육이 시작되니 충분한 휴식을 취해야 할 것
이다.

지금이나 그때나 어리석었다. 앞으로 4년간 '숙면'과 '휴식'이
란 없다는 사실을 짐작도 못했다.

오늘 수업은 최고였다. 어떤 것이 삶이고, 내가 왜 이 회사에
왔으며, 앞으로 무슨 목적을 가지고 살아가야 하는지를 알
수 있었다.

무슨 수업이었을까. 한참 생각해보았지만 전혀 기억나지 않
았다. 그렇게나 감동적이었으면 잊지 말았어야 하는데 홀랑 까
먹어버린 걸 보면 별것 아니었나보다.

연수의 반이 지났다. 너무 재미있고 신이 난다. 지금의 기억들
이 시간이 지나면 더 즐거운 추억으로 남을 것이라 믿어 의심
치 않는다.

그때의 기억들을 4년이 지난 시점에 읽노라니, 겨우 연수의
반이 지난 시점에서 세뇌가 되었구나 하는 것을 알 수 있었다.

연수가 끝나도 동기들과 앞으로도 자주 만나고, 오래도록 함께 동반 성장하는 친구이자 동료가 될 것이다. 우리 조원들은 정말 최고다.

당시 우리 조는 10명. 그중 2명은 연수가 끝나고 곧 퇴사했다. 한 명은 외국계 회사로 이직, 다른 한 명은 대학원에 진학했다. 그 다음해 다른 한 명이 또 퇴사했다. 이유는 모른다. 퇴사했다는 사실도 건너 건너 전해들었을 뿐이다. 이듬해 한 동기가 있던 계열사는 다른 회사에 매각됐다. 그즈음부터는 동기들 사이에 모임도, 연락도 뜸해졌다. 그리고 다음해, 내가 퇴사했다.

그쯤에서 책을 덮었다. 더이상 볼 수가 없었다.

'수양록'이라기보다는 '자위록自慰錄'이었다. 별것도 아닌 교육을 받으며 의미를 부여하고, 내 가치관을 끊임없이 회사가 원하는 대로 바꾸기 위한 자위만이 적혀 있었다. 1차세계대전 때 러시아 군인이 연합군 포로에게 글짓기를 시킨 이야기가 떠올랐다.

당시 러시아군은 공산주의를 찬양하는 글을 잘 쓴 포로에게 담배를 한 개비씩 주었다. 포로들은 처음에는 러시아 군인들을 비웃으며 담배를 얻기 위해 거짓말로 찬양글을 썼다. 그러나 글을 쓰기만 하면 모두에게 담배를 주는 것이 아니다보니 '잘' 써야만 했고, 매번 같은 말을 쓸 순 없어 나름 고민을 하고 러시아군의 좋은 점도 찾아보게 되었다. 그렇게 6개월이 지나자 스스로 계몽되어 극렬 공산주의자가 된 포로가 나타났다. 그것이 분명히 거짓말이라 생각하며 쓰더라도, 긴 시간에 걸쳐 몇 번이고 반복해 쓰다보니 스스로 납득하게 되는 일이 벌어진 것이다. 이후 추가 훈련을 받은 그 포로들은 '어머니 러시아'를 위한 '인민의 전사'로서 자신의 조국에 스파이로 넘어가기도 했다.

연수 과정을 기획한 사람들이 과연 그런 의도로 수양록을 쓰게 한 것인지는 알 수 없지만, 역할은 톡톡히 했다. 적어도 나는 연수를 거쳐 훌륭하게 전향한 것처럼 보였다. 그래서 그 모든 기록들이 부끄러웠다. 그들이 알려주는 대로 최선을 다해 노력하면 조직이 원하는 인재가 될 수 있고, 그래서 '성공'하고 '행복'해질 수 있다고 믿어보려 애쓰는 그 간절함을 알기에 더욱 괴로웠다.

하지만 버리진 않았다. 그대로 책상 위에 올려놓았다.

서글픈 박제로 전시해두기로 했다.

미궁의
도서관

여느 때처럼 밤늦도록 방바닥에 드러누운 채 눈만 껌뻑이고 있던 날이었다.

'도서관을 만들자.'

마치 상영 직전의 어두운 영화관 스크린 위로 빠밤 하고 타이틀이 떠오르는 것처럼, 암담한 내 머릿속에서 그 문장이 떠올랐다.

갑자기 도서관이라니. 뜬금없지만, 사실 전혀 연관이 없는 것은 아니었다.

어린 시절부터 워낙 작은 집에 살았던 탓에(약 2평 정도의 창

아직, 불행하지 않습니다

문도 없는 단칸방에 네 식구가 살았다) 갖지 못한 것들이 많았다. 그중엔 책도 포함됐다. 친구들 집에 가보면 흔히들 백과사전류나 동화전집을 한 질씩 가지고 있었는데, 우리집에는 아버지가 성당에서 사온 예수님의 일생에 관한 열 권짜리 그림동화책이 있을 뿐이었다. 그나마도 중국집 메뉴판 수준으로 얇은 책이라 이미 골백번 읽어 내용을 달달 외우고 있었다. 특별한 재미도 없었다. 예수님이 발가벗겨진 채 본시오 빌라도에게 고문당하고 못박히는 것만 잔뜩 그려져 있으니 당연한 일이지만. 그래서 어린 시절 나는 친구 집에 놀러가면 책 보느라 바빴다.

집에 돌아가기 전까지 최대한 많은 책을 보아야만 한다는 조급함에, 친구와 놀지도 않고 허겁지겁 책을 읽곤 했다. 엽록소와 정전기에 대한 부분을 한시라도 빨리 다 읽지 못하면, 읽을 것이라곤 피 흘리는 예수님이 십자가를 끌고 끌고다 언덕을 오르는 고통스러운 모습이 그려진 동화책과 어머니의 여성잡지뿐인 황량한 세계로 곧 다시 돌아가야 했기 때문이다.

그런 내게 친구는 "야, 왜 안 놀아. 책 보러 온 거냐?" 투덜댔고 나는 "어, 이것만 보고" 하고 건성으로 대답한 뒤 『이상한 나라의 앨리스』에 나오는 토끼처럼 바삐 책을 읽어야 했다. 써놓고 보니 책을 좋아하는 아이에 관한 흐뭇한 일화 같지만, 시간이 지나도 전혀 좋은 추억으로 떠올리기 힘든 기억이다. 그런 상황은 성인이 되어서도 이어졌고 '언젠간 다 읽지도 못할 책을 그저 많이 쌓아두고 싶다'라는 삐뚤어진 욕망이 자라나게 되었다.

그 결과 나는 책을 전공하게 되었다. 워낙에 전공과 무관한 회사를 들어간 탓에 잊고 있었지만, 대학 시절 문헌정보학을 복수전공했고 그때 사서자격증도 받았다. 그렇다면 상식적으로는 '도서관을 만들자'가 아닌 '도서관에 취직하자'를 목표로 삼아야 할 테지만, 그러고 싶진 않았다. 다시 어떤 조직 안으로 들어간다는 것이 싫었고, 사서를 직업으로 삼고 싶은 것도 아니었기 때문이다. 게다가 도서관에 취직하는 것 자체가 매우 힘든 일이고 들어간 후의 삶 역시 순탄치 않다는 것도 건너 들어 알고 있었다.

그렇다면 선택의 여지는 없었다. 내가 도서관을 만드는 수밖에. 당연히 일반적인 도서관을 만드는 것은 불가능하다. 그럴 만한 돈이 없는 것은 물론이고, 설령 어떤 한가한 재벌이 내게 100억쯤 준다 해도 그런 규모의 도서관을 감당할 경험과 자신도 없었다. 그럼에도 떡하니 '도서관을 만들자'고 생각한 것은 도서관법 시행령 제3조에서 규정한 '작은 도서관'의 기준이 떠올랐기 때문이다. 그 기준은 다음과 같다.

1. 건물 면적 33제곱미터 이상
2. 장서 수 1000권 이상

아직, 불행하지 않습니다

3. 상근 정사서 1인

갑자기 그게 왜 떠올랐는지는 모른다. 언제 공부했는지도 알 수 없다. 아마도 졸면서 문헌정보학 개론이나 도서관 운영실무 같은 수업을 듣다가 '에고, 나중에 회사 다니다 때려치우면 작은 도서관이나 만들어서 살아야겠다' 생각한 것일지 모른다. 그럴 법도 한 게, 실평수 10평 이상의 공간에 책 천 권만 넣어놓고 (정사서자격증 소지자인) 내가 앉아만 있으면 그것으로 작은 도서관이 생기는 것이었으니까. 만만해 보였을 것이다. 서른셋의 백수가 되어 생각해봐도 제법 만만해 보였다. 아니, 단지 그 정도가 아니었다. 지금 내가 가진 것으로 이룰 수 있는 일 중 가장 구체적이며 현실적인 대안으로 느껴졌다.

남은 퇴직금이 많은 것은 아니었지만, 상가에 10평짜리 빈 공간을 구해 중고서적으로라도 꾸역꾸역 채워넣는다면 불가능한 일이 아니었다. 게다가 일단 열어놓기만 하면 실업자라는 신분이 순식간에 도서관장으로 바뀌게 된다. 세상에. 나는 벌떡 일어나 자리에 앉았다. 아이폰을 생각해낸 스티브 잡스의 마음이 이랬을까. 가슴이 두근거렸다. 어쩌면 나는 엄청난 생각을 해낸 것일지 모른다는 생각이 들었다. 언젠가 머지않은 미래에 〈포브스〉나 〈타임〉지와 인터뷰하며 "그때 사실 제가 서울, 아시겠지만 대한민국의 수도입니다. 그 도시 변두리에서 작은 도서관을 시작한 것은 하늘의 계시 같은 것이었습니다. 머릿속에서 댕! 하고 크게 종소리가 울리고 사방에서 비둘기가 날아올랐죠. 하하하. 농담입니다, 농담. 지난주에는 마이애미에서 온종일 파티를 했지만 마약은 하지 않았습니다. 하하하" 같은 소리를 하면서 거들먹거리는 모습이 마구마구 떠올랐다.

실제로 도서관을 어떻게 운영할 것인지, 얼마나 운영할 수 있는지 하는 현실적인 문제들은 당연히 생각하지 않았다. '**외면할 수 있는 문제는 외면할 수 있을 때까지 외면한다**'는 것이 당시 삶의 모토였고, 지금도 별반 다르진 않다. 다른 점이 있다면 당시는 훨씬 더 적극적으로 그런 자세를 취하며 세상과 마주했다. 아니, 외면했다. 일종의 정신 보호수단이었다.

그리고 컴퓨터 앞에 앉아 책을 사들이기 시작했다.

살면서 무언가를 그렇게 과감하게 사본 것은 처음이었다. 나는 마치 무엇에 홀린 것처럼 책을 주문했다. 앉은자리에서 100만 원 어치씩 책을 샀다. 내가 만들 도서관을 아무 책으로나 채우고 싶진 않았기 때문에, 신중에 신중을 기해 책을 골랐다. 저자와 제목, 출판사와 주제별로 분류한 목록까지 작성하며 책을 사들였다. 매일같이 책이 가득 담긴 택배상자가 집에 도착했다. 그렇게 열흘쯤 지났을 때는 채 열어보지도 않은 책 상자들로 방이 꽉 찰 정도였다. 그야말로 책으로 쌓아올린 성에 갇힌 꼴이었다. 산 책은 다 합해서 약 2천 권으로 도서관법

아직, 불행하지 않습니다

상 작은 도서관의 기준을 가뿐히 넘었는데, 이것은 순전히 나의 오해 때문에 벌어진 일이었다. 최저 장서 수의 기준을 3천 권으로 잘못 알고 있었다(모자란 천 권은 집에 있는 책으로 어물쩍 채워넣으려 했다). 덕분에 수백만 원의 돈을 초과해서 썼지만, 아깝지 않았다. 도서관에 책이 많은 것은 흠이 아니니까.

나는 뿌듯한 마음으로 책상자를 쓰다듬었다. 벌써부터 그럴싸하게 완성된 작은 도서관의 환영이 보이는 듯했다. '도서관장 김보통'이라는 글귀가 적힐 명함은 순금으로 만들어야겠다고 생각했다.

그렇게 책과 사서(나)가 준비된 시점에서, 남은 것은 33제곱미터의 공간뿐이었다.

망설임 없이 집을 나선 나는 가장 먼저 보인 부동산에 들어가 호기롭게 물었다.

"실평수 열 평짜리 가게 나온 거 있나요?"

책상에 앉아 있던 중개인 아저씨는 나를 한번 쓰윽 쳐다보더니 되물었다.

"뭐하시게?"

"도서관요."

"도서관? 북카페?"

"아뇨. 도서관."

"왜?"

'도서관장 김보통'이라는
글귀가 적힐 명함은

순금으로 만들어야겠다고
생각했다.

그러게, 왜일까. 뒤늦게 그런 생각이 잠깐 들었다.

"아니 뭐, 그냥 좀 해보려구요. 있나요?"

"있긴 있는데, 돈은 얼마짜리 보시는데?"

"음…… 월세 한 사, 사암십만 원요."

중개인 아저씨는 잠시 나를 바라보더니 물었다.

"보증금은?"

"음…… 백만 원 정도오……"

아저씨는 자리에 앉은 채 수첩을 조금 뒤적이더니 말했다.

"없지. 그런 건."

"그렇군요."

조금 울적한 기분이 들기 시작했다.

"천에 오십은 있는데."

아저씨의 말에 순간 당황했지만, 천만 원쯤 당연히 있다는
투로 "아 그래요?" 하고 되물었다.

"권리금은 삼천이고."

아저씨는 무심한 목소리로 내뱉었다.

그 시점에서 집에 가고 싶어진 나는 일어나 꾸벅 인사를 하
고 나왔다.

때는 3월. 아직 겨울이 끝나지 않아 거리를 오가는 사람들은
두꺼운 패딩을 입고 있었다. 나도 오한이 느껴졌다. 하지만 섬찟
할 정도로 차가운 바람은 바깥에서 부는 것이 아니었다. 시린

바람은 뱃속에서 불어오고 있었다. 현실의, 울타리 밖 겨울의
한기였다.

집으로 돌아오는 내내 생각했다.
'나는 지금 불행한가?'
알 수 없었다. 그저 울적했다.

아직, 불행하지 않습니다

죽음의
카드 뒤집기

문득 고등학교 시절 학교 도서관에서 근로장학생으로 일했던 것이 떠올랐다. 고등학교 1학년 학기 초에 담임선생님이 나를 불러 물었다.

"보통아, 너 컴퓨터 할 줄 아니?" (당시, 그러니까 1997년은 인터넷이 대중화되기 전으로 컴퓨터를 '할 줄 아는' 사람들이 그렇게 많지 않던 시절이었다.)

"네, 조금."

"타자 몇 타 쳐?"

"한 500타요." (실제 평균 타수는 200타 정도였기 때문에 500타라는 건 과장이었는데, 그게 무슨 일이건 일단 과장부터 하고 보는 것이 나의 습관이었다.)

"그래. 그럼 너 도서관 근로장학생 해라."

"에, 그게 뭐죠."

"별거 아냐. 그냥 점심시간 때 도서관 가서 책 대여해주고 정리하는 거야. 대신 등록금 면제해주고."

그렇게 도서관에서 근로장학생으로 일하게 되었다.

당시도 집안 형편은 어릴 때와 별다르지 않아 여전히 읽을 책이 없었지만, 도서관에서 일하며 책을 읽을 수 있다는 것보다는 등록금을 면제해준다는 것이 더 반가웠다. 우리나라에 서서히 외환위기가 도래하고 있었고, 와중에 우리집은 망해가는 방앗간을 개점휴업하고 있던 상황이라 등록금 낼 돈도 여의치 않았기 때문이다.

일은 단순했다. 점심시간이 되면, 최대한 빨리 밥을 먹고 학교 도서관(이라고 해봤자 교실 한 개 크기)으로 가 도서를 대여해주거나 학생들이 반납한 책을 정리하면 되는 것이었다. 이 과정에서 학생이 수기로 작성해온 도서대여카드에 쓰인 정보를 근로장학생이 컴퓨터에 직접 입력해넣어야 했는데, 그게 '컴퓨터를 할 줄 아는' 학생이 필요한 이유였다. 다시 말하지만, 당시는 키보드를 양손으로 빠르게 타이핑하는 능력을 가진 사람이 드물던 시절이었다. 게다가 교련 담당이자 사서였던 백발의 선생님은 아마도 노안으로 인해 안경을 쓰고도 사물을 잘 분간

해내지 못해서, 그를 대신하여 깨알같이 쓰인 도서 분류코드를 보고 책을 정리하는 것도 근로장학생의 주요 업무였다.

그렇게 나는 자연스레 책과 가까워지게 되었다. 당시엔 이미 책 바깥에 존재하는 세상에서 누릴 수 있는 많은 즐거움을 알아버린 상황이라 어린 시절처럼 책을 갈망하진 않았다. 하지만 다른 학생들이 찾아와 책을 빌려가는 것을 보고 또 그 책들을 다시 정리하는 일을 반복하다보니 '나도 한번 읽어볼까' 하는 생각이 들었다. 게다가 근로장학생은 일반 학생보다 한 번에 더 많은 책을 빌릴 수 있었으니 학교 밖에서는 공부를 전혀 하지 않던 나로서는 남아도는 시간에 할 만한, 돈이 들지 않는 적당한 여가 수단을 찾은 셈이었다. 나는 마치 판다가 대나무를 꾸역꾸역 먹어치우듯 쉼없이 책을 읽었다.

당시는 책의 뒷면지에 도서대여카드가 꽂혀 있고 거기엔 누가 언제 이 책을 빌려갔는지가 기록되어 있었는데, 대부분의 책에 내 이름이 남아 있었다. 도서대여카드에 쓰인 이름이 나뿐인 책들도 많았다. 나중엔—싸워야 할 상대가 있는 것도 아닌데—이상한 승부욕이 생겨 아무도 안 읽은 책들만 찾아 읽곤 했다. 『푸코의 진자』와 『파우스트』를 읽은 것도 그 무렵이었다. 나는 방학에도 딱히 학원을 가거나 여름 보충수업을 듣거나 학습지를 풀지 않았다. 에어컨도 없이 뜨겁게 달아오른 방바닥에 드러누워 선풍기만 튼 채 땀에 흠뻑 젖어 빌려온 책들을 읽다 잠들고, 깨어나 다시 읽는 것으로 시간을 보내곤 했다. 써놓고 보니 일종의 고문 같지만, 그랬다. 공부는 안 했지만 제법 건전하고 충실한 청소년기를 보냈다.

그렇게 시간이 흘러 고3이 되었고, 어느 날 앙상한 백발의 사서 선생님이 말했다.

"너 이제 그만해라. 고3이니까 공부해야지."

"괜찮아요. 전 공부 안 해서."

"이 새끼가 뭔 소리야. 쓸데없는 소리 하지 말고 내일부터 나오지 마."

그래서 근로장학생을 그만두게 되었다. 덕분에 등록금을 낼 수 없게 되어 3학년 내내 교내 방송으로 '3학년 2반 김보통 등록금 납부하라'고 내 이름이 불리는 수모를 겪었지만, 그건 울적한 얘기이기도 하고 주제가 다른 얘기니까 넘어가겠다.

고등학교 시절 내내 책에 둘러싸여 지내다보니 나 스스로가 '왠지 나는 책을 좋아하는 것 같은데' 하는 착각을 단단히 했고, 결국 뜬금없이 '도서관이나 해볼까' 하는 결정을 내리게 된 것은 아닌가 생각했다.

그리고 몇 달간의 고민 끝에 내린 첫 결정은 곧장 현실의 벽에 부딪혔다.

이미 많은 시간이 흘러버렸기 때문에 계속 고민만 할 수는 없는 노릇이었다. **어찌됐든 나는 앞으로 나아가야 했다. 아무**

도 쫓아오는 사람은 없었지만, 그렇기 때문에 더더욱 나아가지 않으면 이대로 언제까지고 머물러 있을 것만 같은 위기감이 들었다.

방안을 가득 채운 책이 담긴 상자들에 먼지가 쌓이기 시작했다. 불과 며칠 전까지만 해도 나는 그 상자들을 바라보며 '이렇게나 모든 것이 척척 맞아 돌아가다니' 하고 생각했다. 환하게 빛나는 미래가 눈앞에 보이는 듯했다. 그 환한 빛 때문에 실제적인 문제들은 보이지 않았다. 사실, 보고 싶지 않았다. 그저 환하게 빛나는 그 느낌이 좋았다. 불나방의 마음이 이와 같겠지.

다른 부동산을 몇 군데 더 가보았다. 하지만 내가 가진 돈으로 구할 수 있는 곳 가운데 마음에 드는 장소는 없었다.

얻을 수 있는 곳이라고는 공장지대 한복판에 위치한 망한 치킨집 자리와 사람이 도저히 오갈 수 없을 정도로 외진 곳에 위치한 삼각형 모양 건물의 예리한 꼭짓점 자리, 그리고 어떻게 찾아가긴 했는데 되돌아 나오기까지 몇 바퀴를 빙빙 돌아야만 했던 크레타의 미궁 같은 자리뿐이었다.

아무리 내가 환한 미래에 눈먼 불나방이라 해도 이쯤 되면 정신을 차리고 현실을 직시해야 했다.

무턱대고 목 좋은 곳에 나온 멀쩡한 가게를 계약할 수는 없었다. 권리금은커녕 보증금을 낼 돈도 없었다. 그즈음엔 냉엄한 현실의 한기가 항상 나를 따라다녔다. 참으로 외면하고픈 한기였다. 하지만 어디 한기라는 것이 고개만 돌린다고 사라지던가. 보증금이 낮은 곳을 찾아보면 월세가 비쌌고, 권리금이 없는 곳은 없는 이유를 알 만한 폐허들뿐이었다. 이러지도 저러지도 못한 채 시간은 하루하루 흘러갔고, 야심차게 사 모은 책이 담긴 상자들 위로는 계속해서 먼지만 폴폴 쌓여갔다.

"도서관 말고 카페 같은 걸 해봐요"라고 한 부동산 중개업자가 말했다. "그런 건 돈 벌 수 있잖아."

하지만 그럴 수 없었다. 내가 만들고 싶은 건 그저 도서관이었다. 학창 시절의 나처럼 가진 거라곤 시간뿐인 아이들이 책을 마음껏 볼 수 있는 곳을 만들고 싶었다. 그래야만 고3 때 근로장학생을 그만두는 바람에 등록금을 낼 수 없어 절절맸던 과거의 나를 위로할 수 있을 것 같았다.

어떻게 이 난관을 돌파해야 하는가, 눈만 껌뻑이다 문득 '혹시 이런 공익적 성격의 사업은 정부 차원에서 지원해주지 않을까?' 하는 생각이 들었다. 그래서 알아보니, 역시나 있었다. 마을공동체 지원사업이라는 이름하에 '작은 도서관 만들기 지원' 부문이 있었고, 마치 나를 도와주기 위해 만들어진 사업인 양 '1년간의 임대료와 인건비'를 지원해준다는 것이었다. 사업을 지원하는 시점에서 이미 건물을 임대해 운영하고 있는 상태여야 한다는 조건이 붙어 있었지만, 무리해서라도 일단 급하게 대출을 받아 도서관을 만들면 된다는 생각이 들었다. 나중에 지원 대상으로 선정되기만 한다면 모든 것이 해결될 수 있었다.

다시금 환한 미래가 보이는 것 같았다. 퇴사 후 도서관을 차려 (아마도) 국내 최연소 도서관장이 될 나의 모습이 손에 잡힐 듯 또렷하게 보였다.

어떻게 그 사업에 지원하고 선정될 것인가, 탈락할 경우엔 그 뒷감당(대출금과 월세와 인테리어 비용과 거기에 쏟아부은 내 수명과 에너지 등등)을 어떻게 할 것인가 하는 실질적이고 중요한 것들은 역시나 환한 빛에 가려 보이지 않았다.

아아, 나는 실로 한 마리의 불나방이었다.

오래간만에 양복을 꺼내 입었다. 시청에 가서 지원사업에 관한 구체적인 상담을 받아볼 계획이었다. 어색했다. 넥타이를 어떻게 매는지도 헷갈려 몇 번을 다시 맸다. 4년 동안 매일같이 하던 일인데 까먹기까진 오랜 시간이 걸리지 않았다. 참 덧없다는 생각이 들었다. 사소한 것에서부터 내가 더이상 회사원이 아니라는 사실을 실감하는 나날이었다.

지하철을 타는 것도 오래간만이었다. 그간 집밖으로 나올 일이 별로 없었으니, 지하철을 타고 어딘가로 향하는 것도 낯설었다. 풍경은 여전했다. 사람들은 모두들 비슷하게 시무룩한 표정으로 저마다 핸드폰을 쳐다보고 있었고, 지하철은 가끔 멈춰서 비슷하게 시무룩한 사람들을 내리고 태우고 다시 덜컹이며 출발했다. 나도 다른 사람들이 볼 땐 어색하게 맨 넥타이처럼 어딘가 모르게 비뚤어져 보였을지도 모른다.

시청 앞에 도착하니 어색한 기분은 배가 되었다. 을지로는 회사 다닐 적 종종 오던 곳이었다. 본사가 거기 있기도 했고, 근처에 동기들이 일하고 있어서 교육이나 회의가 있을 때면 들르곤 했다. 일정이 끝나면 근처 식당에서 회식을 하고, 선후배들과 커피를 마시고 담배를 피우고 쓸데없는 이야기를 하며 시간을 보냈다. 당연히 가벼운 마음으로, 일상적인 공간인 듯 자연스럽게.

하지만 더이상 회사원이 아닌 채로 바라보는 풍경들은 낯설기만 했다. 바쁘게 오가는 사람들과 하늘 높이 솟은 빌딩들은 더이상 나와 상관없는 것들이었다. 나는 그곳에 속하지 않은 이방인이었다.

아직, 불행하지 않습니다

가뜩이나 위축된 나는 으리으리한 시청사 안으로 들어가면서 더더욱 위축되었다. **출입증을 목에 건 채 바쁘게 오가는 공무원들, 분명한 목적을 가진 채 움직이는 사람들 속에 서 있는 것은 생각보다 외로운 일이었다.** 쭈뼛대며 로비 직원에게 지원사업 담당자를 만나러 왔다고 말할 땐 살짝 울고 싶을 정도였다.

"작은 도서관 사업에 지원하고 싶으시다고요?"

매우 피곤해 보이는 담당자는 서류 뭉치를 잔뜩 든 채 말했다.

"네."

"경력은 있으세요?"

"네? 어떤……"

"지역사회단체 활동 경력이요."

"어, 없는데. 있어야 하나요?"

"필수조건은 아니지만, 경력이 없다면 채택되기가 아마 힘들 거예요."

로비에 선 채 이뤄진 대화는 그렇게 금세 마무리됐다. 내 의지를 꺾기엔 충분한 시간이었다. 거창하게 준비하고 떠나온 것에 비해 지나치게 짧은 만남이 끝난 후, 그냥 집에 들어가기 아쉬워 친구에게 연락을 했다.

나는 친구가 많지 않아 한 손으로 꼽는 수준이다. 그중 하나는 영화감독이다. 가끔 CF나 뮤직비디오도 찍는다고 했다. 평소 나를 회사원이라며 놀리던 친구였다. 회사원이 왜 놀림거리가 되는지는 알 수 없었지만, 묘하게 기분이 나빴다. 내가 처음 회사에 합격했을 때도 친구는 나를 놀렸다. 대부분의 주변 사람들이 축하해주던 시기였다.

"그럼 이제부터 회사 다니는 거야? 정말로?"

친구는 믿을 수 없다는 듯이 말했다. 당시만 해도 나는 회사 생활에 대한 기대가 꽤 있었다. 기분이 나빴던 건 아마도 그래서였을 것이다.

"돈 벌어야지" 하고 나는 말했다.

"믿을 수가 없다. 회사원으로 살다가 죽기로 결심하다니, 뭐 이렇게 된 거, 정년까지 열심히 일해라. 멋지다. 최고다. 그게 네 최선이다."

끊임없이 비아냥거리는 친구를 보며 나는 속으로 '너는 현실을 모르니까' 하고 생각했다. 현실 세계는 우리가 생각하는 것처럼 호락호락하지 않으며, 이 거친 사회에서 살아가기 위한 최선의 방법은 될 수 있는 한 크고 강한 조직에 들어가는 것뿐이라고 믿었다. 당시에는 그랬다. 게다가 그때 우리집엔 암에 걸린 아버지와 문만 열어놓았다 뿐이지 그닥 장사가 되지 않는 가게를 운영하던 어머니와 하고 싶은 것도 할 수 있는 것도 없다고 당당히 말하던 동생이 있었다. 나는 어떻게든 집안을 위해 활로를 열어야 하는 입장이었고, 나만을 위한 모험을 감행할 수는 없었다.

그랬기 때문에 친구의 모습이 어리게만 보였다. 저 녀석은 아직 어른이 되지 않았기 때문에 저렇게 철없이 자기 멋대로 사는 것이라고, 나는 양복을 입고 넥타이를 매고 어른들의 사회에서 진짜 어른으로 살아가야 하니까, 더이상은 저런 철없는 소리를 할 여유가 없다고 생각했다.

회사에 들어가고도 종종 친구에게서 연락이 왔다. 내가 먼저 연락한 적은 한 번도 없었다. 솔직히 연락하기 싫었다. 까불다가 망하면 좋겠는데, 하고 내심 바라고 있었다.

"아직도 회사 다니고 있냐?"

친구는 항상 내게 같은 것을 물었다.

"당연하지. 이번에 상여금도 받았다."

친구는 낄낄거리며 웃었다.

"멋있다 야, 회사원, 부럽네."

친구는 언제나 회사원의 삶을 비웃었다. 나는 그런 친구가 한심했다. 누가 봐도 그랬을 것이다. 당시 그 친구는 또래의 고만고만한 동료들과 어울리며 아직 변변찮은 일마저 제대로 못하고 있을 때였고, 나는 안정적으로 직장생활을 하고 있었으니까. 친구는 뭐가 그렇게 재밌는지 잊을 만하면 내게 연락해 '아직도 회사를 다니고 있는지' 여부를 확인했다. 마치 언젠가는 내가 회사를 그만둘 것이라는 사실을 알고 그것을 확인이라도 하려는 것처럼.

"난 미국 간다." 친구가 말했다.

"미국? 왜?" 하고 내가 물으니, "지난번에 만든 영화가 미국 영화제 수상후보에 올라서 초청받았다"고 대답했다.

뭐라고 대답해야 할까. 알 수 없었다. 그저 어색하게 웃으며, "그, 그래. 난 다음 휴가 때 미국 가야지" 하고 말했다.

어떻게든 돈을 벌고 있다는 것을 보여주고 싶어서였을까. 쓸데없는 소리를 해버렸다. 미국에 갈 정도로 긴 휴가를 쓸 수 없는 회사라는 사실은 이미 알고 있었지만, 무슨 말이라도 해야지 싶었다.

친구는 웃으며 "회사원 파이팅!" 하고 말했다.

하지만 웃을 수 없었다. 슬픈 기분도 들었다. 그즈음 나는 세상이 만만치 않은 것처럼 회사를 다닌다는 것 역시 만만치 않다는 사실을 눈치채고 있었다. 친구에게 뭐라고 대답했는지는 기억나지 않는다. 쓸데없는 소리나 했겠지.

그랬기 때문에 내가 이제 더이상 회사원이 아니라는 사실을 친구에게 알려주고 싶었다. 네가 놀릴 만한 회사원이 아니라는 것을 말해주고 싶었다. 나도 너처럼 내 삶을 살기로 마음먹었다는 것을 보여주고 싶었다. 그래서 4년 만에 처음으로 내가 먼저 의기양양하게 연락한 것이다. 조금 전 지원사업 담당자에게

아직, 불행하지 않습니다

퇴짜 비슷한 것을 맞은 일은 없었던 것처럼 씩씩하게 문자를
보냈다.

"퇴사했다. 너네 사무실 근처로 갈게. 잠깐 볼까?"

일이 바쁜지 한참 뒤 답장이 왔다.

"수족관으로 돌아가. 바다는 네가 살 곳이 아니야."

이번에도 나는, 어떤 대답을 해야 하는지 알 수 없었다.

"어때?"

근처 커피숍에서 담배에 불을 붙이며 친구가 물었다.

"뭐가?"

내가 묻자, 친구는 환하게 웃으며 콧구멍으로 담배 연기를 내
뿜더니 말했다.

"숨쉬는 거."

바다 얘기였다.

"수족관에서 살다 바다로 나오니 어때? 죽겠지?"

나는 대답 대신 어색하게 웃었다. 아마, 매우 비굴한 웃음이
었을 것이다.

"끝이 어딘지도 모르게 넓고, 바닥이 어디까진지 모르게 깊
고, 파도는 계속 몰아쳐오고, 물은 짜고, 시퍼런 바닷물 속엔

이번에도 나는,

어떤 대답을 해야 하는지
알 수 없었다.

상어에 고래에 뭐에 득실득실하고. 바다, 하나도 낭만적이지 않지? 죽겠지?"

"그래. 죽겠네."

친구는 연신 웃고 있었다. 내 꼴이 우스워 보이겠지. 호기롭게 회사는 그만뒀지만 막상 닥친 현실의 막막함이란 회사라는 조직 안에서 바라보던 것과는 전혀 다르다. 게다가 하필이면 나름대로 야심차게 시청까지 찾아가 공무원을 만난 끝에 단박에 퇴짜를 맞고 돌아온 그날, 나는 영락없이 갑자기 바다에 던져져 잔뜩 주눅든 금붕어의 모습이었을 테니. 바다에서만 7년을 살아온 친구가 보기엔 그 모습이 재미있어 보일 법도 했다.

"돌아가."

친구는 다시 말했다.

"바다는 네가 살 곳이 아니야."

나는 우물거리며 "안 돼" 하고 말했다.

"전화해. 인사과 사람이든 뭐든 전화해서 죄송하다고 빌어. 내가 잠깐 미쳤나보다고. 한 번만 물러달라고 바짓가랑이 붙잡고 늘어져."

"못해. 이제 다 끝났어."

"그럼 죽어."

내심 나는 친구가 도움을 주길 바랐다. 친구네 회사에 취업을 시켜주는 것까진 아니더라도, 뭔가 도움이 될 만한 정보를 주거나 조언을 해주길 은근히 바라고 있었다. 친구 사이를 떠나 험난한 바다생활을 몇 년째 해내고 있는 바다 선배로서 이 거친 풍랑 위에서 붙잡고 버틸 만한 튜브라도 하나 던져주지 않을까 싶었다.

"이쪽 생활이라는 게 말이지, 카드게임 같아."
친구가 말을 이었다.
"내가 가진 몇 장의 카드로 승부를 내야 하는데, 문제는 내가 가진 카드가 뭔지 나도 몰라. 알려면 뒤집어야 하는데, 뒤집으면 게임의 승패가 그대로 결정나. 그게 아아아주 괴로워. 내가 뒤집을 카드가 개패인지 에이스인지 알 수가 없는데, 이걸 뒤집어야만, 그래서 뭐가 나올지도 모르는 그 카드로 이겨야만 게임을 계속해나갈 수 있어. 운이 좋아서 한 판을 이겼다고 쳐. 그런데 더 미치겠는 건, 다음 카드 역시 뭐가 나올지 모르긴 마찬가지라는 거야. 그래도 울면서 뒤집어야 해. 게임은 계속해야 하니까. 앞으로도 계속 좋은 카드가 나오길 바라면서 또 뒤집어야 해."
친구의 눈은 진지하게 빛나고 있었다. 어느 정도였냐면, 실제로 나와 친구 앞에 카드가 뒤집힌 채 깔려 있는 것만 같은 기분이 들었다. 그리고 안타깝게도, 친구 앞에 놓인 카드 중 반은 이미 뒤집혀 있는데 모두 에이스였다. 하나쯤 개패가 나와 망해버렸으면 싶었지만, 지금까지는 친구가 모두 이긴 것처럼 보였다.

"어때?"

친구가 물었다.

나는 내 앞에 뒤집힌 채 놓인 가상의 카드 위에 손을 올려놓은 참이었다.

"**뒤집을 수 있겠어?**"

뒷면만 만져봐선 무슨 패가 나올지 알 수가 없었다. 그렇기 때문에 선뜻 뒤집을 수도 없었다. **이제 내겐 나를 백업해줄 조직이 없다. 내 실패를 감당해줄 가족도 없다.** 설상가상으로 카드도 몇 장 없었다.

"**하지만 뒤집어야 해.**"

친구는 웃고 있었다. 재미나다는 듯이.

나는 역시, 웃지 못했다.

나는 역시,

웃지 못했다.

길이 아닌
길

　대학 시절 따르던 교수님이 있었다. 미국에서 직장을 다니다 귀국해 40대 초반에 정교수가 된 젊고 유능한 분이었다. 정장 대신 청바지에 셔츠를 입었고, 종강 날이면 손수 준비한 음식을 학생들과 나눠 먹으며 강의실에서 쫑파티도 했다. 다른 교수들에 비해 젊고, 그만큼 사고방식이 열려 있었으며, 미국 생활을 해서인지 격의가 없었다. 그래서 많은 학생들이 그 교수님을 존경하고 있었다.

　나도 그중 하나였다. 교수님의 수업은 대부분이 원어로 진행되어 잘 이해하지 못하면서도 모두 맨 앞자리에서 들었다. 녹음기를 가지고 다니며 강의를 녹음해 잘 모르겠는 부분은 듣고 또 들었다. 그렇게 하면 언젠가 교수님만큼은 아니더라도 조금은 비슷한 삶을 살 수 있을 거라 생각했다. 마땅한 삶의 지표가 없던 내게 처음으로 생긴 롤모델이었다.

한번은 쫑파티를 끝내고 모두가 술집에서 맥주를 마셨다. 우연히 내 자리는 교수님의 바로 옆자리였다. 이때다 싶어 나는 교수님에게 말했다.

"교수님, 제가 돈은 없지만 맨땅에 헤딩하는 심정으로 미국에 공부하러 가고 싶은데, 좋은 방법이 없을까요?"

'교수님처럼 되고 싶다'는 부분은 말하지 않았다. 사실 교수님한테 말할 거리는 아니었다. 가거나 말거나 그건 내 결정이니까. 굳이 교수님에게 그런 질문을 한 것은 두 가지 이유 때문이었는데, 첫번째로 '돈 없이도 떠날 수 있는 유학 방법'에 대한 조언을 얻고 싶었다. 당시 내 상황으로는 절대로 유학을 갈 수 없었다. 집에 돈이 없기 때문이다. 하지만 혹시나 교수님이 알고 있는 신통방통한 방법 내지는 지원 방안이 있을지 모른다고 내심 기대했다. 두번째는 롤모델인 교수님에게 '한번 열심히 해봐라' 하는 응원을 받고 싶었다. 그것이 올바른 판단임을 확인받고자 했던 것이다. 그때 나는 어느 누구에게도 그런 얘기를 할 수 없었다. 아버지는 암에 걸려 있었고, 어머니는 아버지의 병간호를 하고 있었으니까. 이래저래 한국을 떠날 수 없는 상황이었지만, 그런 난관을 타개할 지혜와 용기를 교수님이 줄 것만 같았다.

"힘들지 않을까?"

교수님이 말했다.

"집에 돈이 꽤 있어야 하는데."

교수님은 진지한 얼굴로 말했다.

"어떻게 대학원을 들어간다고 해도 박사까지는 따야 잡job을 얻든지 할 텐데. 그러려면 최소 마흔 될 때까지는 집에서 보조를 해줘야 하거든."

농담이 아니었다.

"게다가 박사를 따도 백 프로 잡을 얻을 수 있는 것도 아니고."

웃으며 물어본 내 입꼬리는 어색하게 굳어 있었다.

"어떻게, 부모님이 서포트해줄 여유가 되시니?"

다시 말하지만, 교수님은 웃지 않았다. 진심이었다.

"아뇨."

나는 말했다.

"그럼 그냥 한국에서 직장에 들어가 돈 버는 게 더 나은 방법이라고 생각해."

그제서야 교수님이 웃으며 말했다. 안도한 표정이었다. 어쩌면 교수님 눈엔 내가 얼기설기 만든 가짜 날개를 등에 단 채 "이카루스처럼 하늘을 날아보겠습니다!"라고 말하며 절벽에서 뛰어내리려 드는 어처구니없는 녀석으로 보였을지 모른다.

그리고(혹은 그래서) 유학을 포기하고 회사에 들어갔다. 교수님의 삶은 내가 다가갈 수 없는 영역이었다.

                   ⬤

오래간만에 모교를 찾았다. 교수님을 만나 작은 도서관에 대한 조언을 받기 위해서다. 고민스러운 문제에 부딪힐 때마다 교수님을 찾는 셈이었다. 그럴 수밖에 없는 것이 교수님은 해당 분야의 전문가이자 내가 찾아가 논의할 수 있는 유일한 사람이었다.

미리 연락도 하지 않고 막무가내로 교수님의 연구실 문을 두드렸다.

"네?"

운 좋게도 마침 교수님이 연구실에 있었다.

"안녕하세요. 교수님."

문을 열고 들어가며 인사하니 교수님은 "아ー" 하며 반갑게 맞아주었다. 내 이름을 바로 기억해내지는 못했다. 시간이 흘러서일까 교수님의 청바지는 정장으로 바뀌어 있었고, 마냥 젊어 보였던 얼굴엔 주름이 늘어 있었다.

"보통. 오래간만이야. 그래, 무슨 일이지?"

교수님이 환하게 웃으며 물었다.

"네. 다름이 아니라, 제가 이번에 회사를 그만두고 작은 도서관을 만들려고 하는데요. 조언을 좀 듣고 싶어서 왔습니다."

나의 말에 교수님은 급히 미간을 찡그렸다. 입은 아직 웃고 있는 그 모습이 마치 믿었던 충신 브루투스에게 불시의 습격을 받은 카이사르 같았다.

"도서관? 도오서-관?"

교수님은 정확히 두 번 되뇌었다. 못 알아들어서가 아니었다. 납득할 수 없는 것을 이해해보려 애쓰는 듯한 되뇜이었다. 칼에 찔린 카이사르가 "브루투스 너마저……" 하고 중얼거린 것도 비슷한 맥락이 아니었을까.

"네. 작은 도서관요."

나는 말했다. 이미 예전에 한 번 냉철한 조언이랄까, 당부를 받아보았기에 마음의 준비는 된 상태였다.

"왜지?"

그렇다고 익숙해진 것은 아니었다.

"어…… 수업시간에 유럽에선 마을도서관이 활성화되어 있다고 배웠고, 그런 문화가 형성되면 정보 불평등을 해소해 지식 격차를 줄이며 지역사회에 이바지하고……"

수업을 통해 배워두었던 것들을 주절주절 읊었다. 기억하고 있다는 게 신기했다.

나의 말에 교수님은
급히 미간을 찡그렸다.

입은 아직 웃고 있는 그 모습이
마치 믿었던 충신 브루투스에게
불시의 습격을 받은 카이사르 같았다.

"아니. 아니. 보통. 그게 아니고. 왜 그걸 자네가 하겠다는 거지?"

하지만 예상치 못한 질문엔 답하지 못했다. 그러게. 왜 내가 하겠다는 생각을 한 거지?

"그런 규모의 사업은 지자체나 정부 같은 공적 기관에서 그야말로 거대 예산을 들여 오랜 시간에 걸쳐 준비하고 진행해도 효과가 나려면 장시간이 필요한 건데 말이지. 보통, 그 마음은 참 기특하지만 말이야. 힘들지 않을까?"

데자뷰일까. 분명히 다른 질문을 했건만 돌아오는 답은 과거와 같았다.

"그런가요."

"그나저나 자네, 회사 좋은 데 다니지 않았나? 왜 그만뒀지?"
교수님이 물었다.

"그…… 심적으로 너무 힘들기도 하고……"

"실수한 것 같아."

대화를 나눈 지 오 분도 되지 않았는데 식은땀에 옷이 흠뻑 젖어버렸다.

"왜 굳이 길이 아닌 길을……"

알 수 없었다. 왜 길이 아닌 길을 가려 하는지보다 왜 나는 매번 같은 대답을 들을 뿐인 질문을 반복하는 것인지 알 수 없었다. 그저 어리석은 것일까. 하지만 불행했다. 넓고 잘 닦인 길

151

을 걸으며 하는 생각이라곤 죽고 싶다는 것뿐이었다.

●

　교수님과의 짧은 대화를 끝내고 연구실을 나왔다. 교수님은 근심 어린 표정으로 내게 "한번 잘 생각해봐"라고 말했다. 무엇을 더 생각해야 하는 것일까. 나이는 먹을 대로 먹은 것 같은데, 통 모를 일만 늘어나고 있었다. 확실히 알게 된 것은 내가 다가갈 수 없는 영역의 경계였다. 그것만은 날이 갈수록 뚜렷해졌다.

아직, 불행하지 않습니다

시위를 당기다

도서관 만들기는 포기했다.

방안을 가득 채운 책상자들을 바라보고 있노라면 한숨만 나왔지만, 어쩔 수 없었다. 책을 사느라 벌써 퇴직금의 반을 써버린 상태였고, 지원사업에 선정될 가능성이 희박하다는 사실을 알게 된 마당에 남은 퇴직금으로 무리하게 도서관을 만드는 것은 나로서도 겁나는 일이었다. '이왕 이렇게 된 거' 하는 마음으로 저질러버릴까 싶다가도, 남은 돈에 맞춰 마음에 들지도 않는 도서관을 차린들 운영이 쉽지 않을 거란 생각에 그만뒀다. 게다가 임대 계약은 최소 1년 단위로 맺는데, 그 기간 동안 임대료를 낼 돈도 없었다. 내 눈앞에 놓인 첫번째 카드를 열어보지도 않은 채 포기한 셈이다.

만일 아버지가 살아 있었더라면 "너는 왜 생각도 없이 퇴사해서는, 뜬금없이 도서관 차린다고 감당도 못할 책만 잔뜩 사 놓고 이제 와서 책임감 없이 금세 포기하느냐"고 말했을 것이다. 아버지는 매사 작은 결정 하나에도 고민에 고민을 거듭하던 사람이었다.

그런 아버지에게 어머니가 지어준 별명은 '자벌레'였다. 자벌레는 나뭇가지처럼 생긴 작은 벌레로, 자신의 몸을 길게 세워 나아갈 곳을 향해 자로 거리를 재듯 몸을 까딱까딱하는 행위를 반복한 뒤 움직인다. 그래봤자 얼마 움직이지도 못하면서 거리를 재는 짓을 몇 번이고 계속한다. 그 모습이 조심스레 돌다리를 두드리는 것처럼 보이다가도 보는 사람 속 터지게 해 꼭 아버지 같다고 어머니는 말했다.

아버지는 "나는 그저 신중할 뿐이야"라고 말하며 수긍하지 않았지만, 나는 내심 닮았다고 생각했다. 실제로 아버지는 모든 의사 결정을 좋게 말하면 신중하게, 나쁘게 말하면 더디게 했다. 대학에 입학한 내가 방학을 맞아 일주일간 여행을 가겠다고 했을 때는 여행계획서를 작성해 제출하라고 했고(제출하지 않았다), 운영하던 방앗간을 정리하고 칼국수 집을 차릴 때 역시 반년 넘게 유명하다는 칼국수 집을 탐방하며 장사가 잘되는 비결을 분석했다(돈이 없어 별로 반영하지 못했다). 그렇게 신중하게

아직, 불행하지 않습니다

내린 결정의 결과가 좋았느냐 하면 그렇지도 않았다. 결국 평생을 자벌레처럼 재보기만 하다 도시빈민으로 돌아가셨다.

아버지의 입장도 이해는 한다. 세 살 때 할아버지를 여의고 없는 집 팔 남매의 막내로 살아온 탓에 당신을 뒷받침해줄 사람이 아무도 없는 상황인지라 자연히 선택에 신중을 기할 수밖에 없었을 것이다. 단 한 번의 실패가 가족의 안녕을 위협할 수 있는 상황인 만큼 수도 없이 돌다리를 두들겨야 했을 테니까. 마치 온 가족을 등에 업은 채 안전장치 하나 없이 외줄타기를 하는 곡예사처럼 한 걸음 한 걸음 필사적일 수밖에 없었을 것이다.

아버지는 "인생은 활쏘기 같은 거야"라고 말했다.

"그래서 조준을 잘해야 해. 조바심나서 대충 쏴버리면, 쏠 때는 조금 틀어진 화살이 결국 과녁을 이탈해버리니까. 시위 당기는 일에 가장 큰 공을 들여야 해. 날아가는 화살은 절대 방향을 틀지 않아. 명심해."

인생의 대부분을 무언가를 겨냥하는 것으로 보낸 아버지다운 얘기였다.

그러나 안타깝게도 신중에 신중을 기한 선택들의 결과는 좋지 못했다. 머릿속으로 이것저것 재보는 사이 많은 기회를 놓쳤고, 거듭된 망설임 속에 내린 결정은 만족스러운 성과를 내지 못했으며, 그런 과정이 반복되는 사이 위축된 아버지는 무언가를 결정할 때마다 점점 더 소극적으로 변해갔다. 그것이 꼭 아버지의 모자람이나 잘못이라고 생각하지는 않는다. 아버지에게 인생은 단 한 개의 화살로 승부를 봐야 하는 혹독한 시합이었을 테니까.

어린 시절부터 그 모습을 지켜본 나는 가장이라는 건 참 고달픈 것이라고 생각하면서도, 그런 삶의 방식에 전적으로 동의하지는 않았다. 분명히 인생이란 활쏘기와 비슷한 면이 있다. 아버지의 말처럼 시위를 당기는 것은 매우 중요한 일이다. '에라 모르겠다' 하고 멋대로 쏴버리면 혹독한 대가를 치러야 하는 것도 사실이다. 하지만 나는 화살을 한 발만 쏠 생각이 없었다. 화살이 두 개 세 개 있는 것은 아니었지만, 조금 힘들더라도 잘못 쏴버린 화살은 달려가 다시 주워다 쏘면 된다고 생각했다. 아직 젊으니까 시간은 충분하다고 생각했다.

그래서 나는 의도적으로 쉽게 결정하고 쉽게 포기하는 삶을 살고자 했다. 학창 시절엔 별안간 마라톤을 하거나 권투를 했다. 그림을 그리다 악기를 배우기도 하고, 갑자기 글을 쓰기도 했으며, 돌연 아르바이트로 번 돈을 털어 구입한 카메라로 사진을 찍기도 했다. 방학이 되면 목적지 없는 여행을 떠나 돈이 다 떨어질 때까지 돌아다니다 왔다. 무엇 하나 제대로 과녁에 명중되는 것은 없었다. 그럴 때마다 번번이 화살을 뽑아와 다시 쏴야 했지만, 할 만했다. 많이 하다보니 익숙해질 정도였다.

아직, 불행하지 않습니다

몇몇 친구는 그런 내게 '본능이 지배하는 짐승의 삶이다'라고 말하기도 했다.

하지만 잊고 있었다.

내가 원래 어떤 사람이었는지 회사를 다니는 동안 천천히 잊어버렸다. 쏴버린 화살이 어쩌다 운좋게도 사람들이 과녁의 중앙이라고 말하는 곳에 날아가 박힌 뒤로 '퍼펙트 골드까지는 아니더라도 일단 골드다' 하고 안도했다. 이대로 내 삶은 최종 목적지에 도달한 셈이니, 번거롭게 다시 화살을 뽑아다 쏘는 짓 하지 말고 선배들처럼 비가 오나 눈이 오나 별 보고 출근해서 별 보고 퇴근하며 하루치 인생을 돈으로 바꾸는 삶을 그대로 쭈욱 살아가면 된다고 생각했다. 다시 활을 쏠 생각을 하지 않게 된 것이다. 그렇게 살아오다 갑자기 다시 활을 쏴야 하는 때가 오니 나 역시 망설이게 되었다. 잘못 쏘더라도 가벼운 마음으로 달려가 화살을 뽑아오면 되겠지 하는 생각이 쉽게 들지 않을 정도로, 과녁은 멀게만 보였다. 어찌해야 할까. 고민스러웠다.

그러는 사이에도 시간은 흘러만 갔다. 나는 손에 든 활의 시위를 당겨 과녁을 조준해보았다. 하지만 보여야 할 과녁이 보이지 않았다. 주저하고 있는 사이 보이지 않을 정도로 더 멀어진 듯했다. 아버지의 심정이 이랬을까. 그즈음부터 낮에도 밤에도 잠들지 못하는 날들이 시작됐다.

아버지의 심정이 이랬을까?

죽음의
풍경

전무까지 참석하는 사업부 총괄 워크숍을 갔을 때였다.

"모두 잔을 채워주십쇼."

연수원 근처 식당이었다.

"오늘 첫 건배사는 우리 부서 최고 멋쟁이 박과장님이 올리겠습니다."

아침부터 밤까지 이어진 의미를 알 수 없는 교육이 끝난 뒤, 본격적인 연수가 시작될 참이었다. 누군지 알 수 없는 멋쟁이 박과장이 그 신호탄을 쏘는 순간이었다.

"안녕하십니까. 우리 사랑하는 총괄 식구 여러분."

잔을 든 채 소리가 들리는 곳으로 고개를 돌려보니 호리호리한 중년 남성이 마찬가지로 잔을 든 채 서 있었다. 머리가 반쯤 벗어졌고, 안경이 흘러내려와 코에 걸려 있었다.

"아시겠지만, 제가 이번에 복직했습니다."

모른다. 그에게 무슨 사정이 있었는지, 아직 대리도 달기 전인 나로서는 알지 못했다. 그가 누구인지도 모르니 당연했다.

"저에게 몸을 추스를 수 있는 시간을 주시고, 다시 돌아올 수 있는 자리를 보전해주신 우리 사랑하는 전무님. 그리고 우리 총괄 식구들. 모두 감사합니다."

어디가 아팠던 걸까. 옆자리에 앉은 과장에게 물어볼 수도 있었지만 묻지 않았다. 알고 싶지 않았다. 그저 다른 모든 사람들처럼 마치 다 안다는 듯 진지한 표정으로 그를 바라보고만 있었다.

"쉬는 동안 저는, 제가 없어도 이렇게 든든한 우리 식구들이 제 자리를 메워주고, 그뿐만 아니라 매해 최고의 사업부, 최고의 총괄로 인정받고 있다는 소식을 들으며 정말 나는 복 받은 사람이구나, 행복한 사람이구나 하는 생각을 많이 했습니다."

잔을 든 손을 내려놓는 사람들이 몇몇 나타났다. 말이 길어지려는 낌새를 챈 것이다. 하지만 나는 그러지 못했다. 아직 그럴 '짬밥'이 아니었다.

"야, 저분 훌륭한 선배야."

묻지도 않았는데 옆자리 과장이 작게 말했다.

"작년에 위암 걸렸거든. 3기라 그랬지, 아마."

과장의 앞머리는 훌랑 벗어져 있었다.

"그런데 수술하고 항암치료한 다음에 복직했어."

룸살롱을 가지 않겠다는 내게 '너 혼자 독야청청한 척하지 마라'고 했던 사람이다. 초등학교에 다니는 딸이 둘 있었다.

"대단한 친구지."

맞은편 차장이 거들었다.

"자기 몸조리하기도 바쁜데 복직해서 얼마나 열심히 하는지 몰라."

고등학교 졸업 후 입사해(그때는 고졸 출신 입사가 가능했다) 25년을 근속한 끝에 작년에 차장을 달았다.

"보통이 저 새낀 이해 못할걸. 맨날 회식 때 뻥끼나 쓰고."

이해 못한다. 목숨이 달린 일이다. 암 3기로 항암치료 후 일 년도 안 됐는데 복직한다는 것은 죽음을 각오한 것이거나, 심각성을 모르는 것이었다. 심지어 술자리에서 건배사까지 하다니. 이해하고 싶지도 않았다.

"죽어도 회사 다니다 죽어야 하니까."

학교 선배인 팀장이 말했다.

"그래야 요게 나오거든."

평소 장난기가 많은 팀장은 손가락으로 동그라미를 만들며 윙크했다.

"하긴. 부조금도 많이 들어올 거고. 나가서 죽으면 아무도 안 오니까."

차장이 덧붙였다.

"아 시바…… 그걸 미처 생각 못했네."

과장되게 놀라는 표정을 하며 과장이 말했다.

"넌 마 새끼야. 이제 과장 단 놈은 당장 죽어도 몇 명 안 와. 우리 팀밖에 안 갈걸?"

팀장이 웃으며 말했다.

"그러니까 보통아. 저 선배처럼 오오래 다니다 죽어야 한다. 다니다가 죽는 게 중요해. 명심해라."

나는 아무런 말도 하지 못했다.

"자. 그럼 모두 잔을 높이 들어주십쇼!"

암환자 박과장이 작은 목소리로 외쳤다. 잡담을 하던 팀원들도 모두 잔을 들어올렸다.

"제가 '우리 총괄 성공적인 미래를' 하고 선창하면 '위하여 위하여 위하여!' 하고 후창해주시기 바라겠습니다."

나름대로 힘차게 말하고 있었지만 아무리 봐도 요양해야 할 사람으로만 보였다.

"야. 박과장. 무슨 말이 그렇게 기냐. 암이라는 거 오진 아니냐?"

누군가 말하자 모두가 큰 소리로 웃었다. 나는 웃지 못했다.

박과장도 기운 없이 따라 웃었다.

오진을 가장 바라는 것은
그였을 것이다.

박과장도 기운 없이 따라 웃었다. 오진을 가장 바라는 것은 그였을 것이다.

이윽고 그는 잔을 높이 든 채 외쳤다.

"자! 우리 총괄 성공적인 미래를!"

이어 모두가 힘차게 소리쳤다.

"위하여! 위하여! 위! 하! 여!"

그리고 모두 원샷했다. 박과장도 원샷했다.

꿈에서 깨어났다. 내가 가장 싫어하는 악몽이다. 잊히지 않는 풍경이다.

아직, 불행하지 않습니다

식빵맨의
하루

돈을 아끼기로 했다. 퇴사 네 달여 만에 퇴직금의 반을 써버렸기 때문이다. 우선 식비를 줄이기로 했다. 생산적인 일은 하나도 하지 않으면서 양질의 음식을 먹는다는 것이 낭비인 것만 같았다. 애당초 시리얼로 끼니를 때우고 있어 이대로 괜찮지 않나 싶었지만, 똥과 이산화탄소 말고는 생산하는 것이 없는 내겐 시리얼도 과분했다.

주식을 식빵으로 바꾸었다. 마트에서 가장 양이 많고 싼 식빵을 사놓고 며칠에 걸쳐 먹었다. 얼마간은 잼이나 땅콩버터 같은 것을 발라 먹기도 했지만, 그것마저 낭비 같아 그냥 식빵만 먹기 시작했다. 우유도 사지 않았다. 대신 물을 마셨다. 맨식빵을 우물거리다 물과 함께 넘기는 것으로 끼니를 때웠다. 맛이 없고 금세 물렸지만, 실직자로서 당연히 감내해야만 하는 고통이겠거니 하고 생각했다.

다음으로는 이발을 그만두었다. 회사 다닐 적엔 한 달에 한두 번은 미용실을 갔다. 하지만 사람 만날 일이 없는 지금 그런 방탕한 짓을 할 수는 없었다. 그다음으로는 옷 쇼핑을 그만뒀다. 아예 사지 않은 것은 아니고, 유니클로에서 한 벌에 3900원짜리 티셔츠를 다섯 개 사서 하루씩 돌려 입었다. 극장에서 영화 보는 것과 카페에서 커피를 사 마시는 것도 그만뒀다. 대신 케이블TV의 무료 영화를 보고, 집에서 커피를 타 마셨다. 그 외에도 **당장의 생존에 필수적이지 않은 것들은 하나씩 그만두었다. 마치 구멍난 보트의 침몰을 늦추기 위해 짐들을 하나둘 바다로 던지는 심정이었다.**

가진 짐을 모조리 던져버려도 배에 난 구멍이 사라지지 않는다는 것을 알지만, 당장은 그런 것을 따질 겨를이 없었다. 중요한 것은 생존에 필요치 않은 것들을 던져버리는 일뿐이었다. 비통하게도 배 밖으로 던져 바닷속으로 가라앉는 것들은 하나같이 즐거운 것들뿐이었다. 맛있는 것을 먹고 외모를 꾸미고 여가를 즐기고 휴식을 취하는 즐거움. 돈을 아껴야 하는 상황이 되니 그런 즐거움들이 모두 낭비로 여겨졌다. 나는 5천 번쯤 '어쩔 수 없지'라고 되뇌며 개인적이고도 소소한 즐거움들을 하

아직, 불행하지 않습니다

나씩 던져버렸다.

얼마 지나지 않아 내 머리는 귀를 덮을 정도로 자랐고 수염은 보름 넘게 깎지 않아 덥수룩해졌다. 그러던 어느 날, 나는 팬티 바람으로 부엌에 서서 식빵에 피어난 곰팡이를 뜯어내고 있었다. 한 번에 너무 큰 식빵을 사온 바람에 채 반도 먹기 전에 곰팡이가 피기 시작했기 때문이다. 그냥 버리자니 아까워 곰팡이가 핀 부분만 뜯어내고 먹었다. 시큼한 냄새가 났지만 술빵 같아 나쁘지 않았다.

그 무렵 나는 대부분의 시간을 집안에서만 보냈다. 어느 누구와도 대화를 나누지 않는 날들이 계속되어 목은 늘 잠겨 있었고, 길게 자란 손톱 밑엔 때가 잔뜩 낀 상태였다. 마치 무인도에 사는 것만 같은 하루하루였다. **그저 생존해 있을 뿐, 즐거움 같은 건 없었다.** 가끔 어머니가 전화를 걸어와 "뭐하고 사냐?"라고 물었지만 '알아서 잘하고 있다'고만 대답했다. 당연히, 거짓말이었다.

여전히 이런저런 고민을 해보는데 신통치 않았다. 한번은 전 세계적으로 DJ 장비가 기타보다 많이 팔린다는 뉴스를 보고 DJ 장비 유통을 해볼까 마음먹었다. 주섬주섬 옷을 입고 국내 총판업체를 찾아갔다.

"돈은 좀 있으세요?" 하고 직원이 물었다.

어느 날, 나는

팬티 바람으로 부엌에 서서
식빵에 피어난 곰팡이를 뜯어내고 있었다.

"네…… 퇴직금이 좀……" 하고 답했다. 내 목소리는 날이 갈수록 점점 생기를 잃고 있었다. 말하는 나 자신도 알아챌 수 있을 정도였다.

"이거 영업보증금 오천만 원 거셔야 하는데"라는 직원의 말에 나는 정말 눈이 튀어나올 뻔했는데, 애써 안 놀란 척 "아, 그렇구나. 그럼 다음에 다시 연락드겠습니다" 답하고 자리에서 일어났다. 아마 직원은 내게 그만한 돈이 없다는 것을 내가 처음 문 열고 들어간 순간부터 알고 있었을 것이다. 보잘것없는 행색이었으니까. 집으로 돌아오는 지하철은 참 쓸쓸했다. 분명히 갈 곳을 알고 있는 사람들 속에서 나만 길을 잃은 느낌이었다.

뒤늦게야 '요즘은 기타 사는 사람도 별로 없지' 하는 생각이 들었다.

'안 팔길 잘한 거야, DJ 장비.'

집으로 돌아와서는 물을 한 잔 따라 식빵과 함께 먹었다.

나는 날이 갈수록 썰물 때의 말미잘처럼 쪼그라들어갔다.

뭔지는 모르겠지만 뭐라도 되겠지 싶던 낭만적인 생각은 말끔히 사라진 상태였다. 바닥을 보이기 시작한 잔고를 확인하면 뇌에서 땀이 나는 느낌이었다. 그래서 공부를 시작했다. 대학원 진학을 준비하기 시작한 것이다. 가고 싶은 대학원이 있다거나, 하고 싶은 공부가 있었던 것은 아니다. 그저 유예 기간이 필요했다. 이 막막하고 무기력하며 절망스러운 감정에서 벗어나기 위해 2년이 됐건 3년이 됐건 '뭔가 하고 있다'는 것을 보여줄 핑곗거리가 필요했다. 운이 좋아 대학원에 가게 되면 어찌됐건 사람들에게 말할 거리는 생기는 것이었으니까. "못다 한 공부를 더 할까 해" "더 나은 커리어를 위해서야" 등등. 그러면 나에게 "그래서 이제 무엇을 할 거냐?"라고 묻는 사람은 없어질 테니, 그 몇 년 동안이라도 이번엔 좀 제대로 궁리하고 싶었다. 진짜로 내가 하고 싶은 것이 무엇인지, 혹은 무엇을 할 수 있는지. 이번에도 역시 무슨 수로 등록금을 마련해서 대학원을 다니고 무사히 졸업할지, 또 어떤 삶을 살지에 대해서는 손톱만큼도 생각하지 않았다. **결국 도망치는 와중에도 또다시 도망칠 생각을 한 셈이다.**

회사를 그만둘 때와 똑같은 잘못을 되풀이하고 있었다. 하지만 알면서도 외면했다. 외면이야말로 살면서 가장 많이 해왔고, 그래서 잘했으며 자신 있는 일이었다. 생활이 크게 바뀌진 않았다. 진학을 위해 학원에 다니는 사람들도 있었지만, 나는 이전과 마찬가지로 하루종일 집안에 머물며 공부하고 끼니때가 되면 식빵을 먹고 물을 마셨다. 멍하니 앉아 고민하던 시간에 공부를 할 뿐, 특별한 노력은 하고 있지 않았기 때문에 모르는 사람이 본다면 대학원에 갈 생각이 없는 사람으로 보였을 것이다. 틀린 말은 아니다. 대학원을 가려고는 했지만, 정말 대학원에 가고 싶은 것은 아니었다.

틈틈이 책도 읽었다. 마침 사놓은 책이 방 하나를 가득 채울 정도로 많았기에 '시험에 조금은 도움이 되겠지'라는 핑계로 슬슬 책을 읽었다. 『빈곤에 맞서다』(유아사 마코토, 이성재 옮김, 우석훈 해제, 검둥소, 2009)라는 책을 읽은 것도 그때였다. 『빈곤에 맞서다』는 일본의 빈곤퇴치 운동가인 유아사 마코토의 책으로, 일본 사회의 다양한 빈곤현상을 보여주며 일본 같은 선진국에서조차 어떻게 이런 끔찍한 빈곤이 계속 발생하는가에 대해 설명하고, 나아가 빈곤퇴치에 대한 고찰을 다룬 책이다. 솔직히 말해 나는 빈곤에 큰 관심이 없었기 때문에 '내가 이런 책도 샀던가?' 생각했다. 하지만 도쿄 대학 법대를 다니다 중퇴한 후 반(反)빈곤네트워크를 만들어 빈곤퇴치를 위한 활동을 했다는 저자의 약력에 흥미가 생겨 한번 읽어보았다.

저자는 '빈곤은 자기 책임인가'라는 장에서 빈곤이 '5중의 배제'를 통해 생겨난다고 설명한다. 첫번째는 교육 과정에서의 배제다. 이는 부모 세대부터 이어진 빈곤의 부산물인데, 성장 과정에서 제대로 교육받지 못한 결과 좋은 직장에 들어가지 못하게 되고, 그래서 빈곤한 상태에 처하게 된다는 것이다. 이는 두

번째, 기업 복지에서의 배제로 이어진다. 예를 들면 취직을 해도 비정규직으로 고용된다거나 과도한 노동 착취를 당하는 식으로 고용안전망의 보호를 받지 못한다는 것이다. 세번째는 가족 복지에서의 배제다. 의지할 부모 형제가 없으면 무언가를 시도하거나 그 시도에 따른 실패를 감당할 수 있는 환경이 갖춰지지 못하므로 빈곤으로 이어지게 된다는 것이다. 네번째는 공적 복지에서의 배제. 이는 국가 행정에 관련된 것인데, 얼굴을 못 본 지 오래된 가족이 서류상 존재한다는 이유만으로 생활보호 대상자가 되지 못하거나, 아직 자녀가 어린 미혼모에게 막무가내로 아이를 어딘가에 맡기고 일할 것을 강요하는 식의 '제도적으로 세련된 거절 방법'을 의미한다. 마지막으로 자기 자신에 대한 배제다. 무엇을 위해 일하는가, 어떤 의미를 만들어내기 위해 일하는가를 전혀 느끼지 못하는 상황이 계속될 때 사회에서 배제되어 빈곤해진다는 것이다. 이윽고 모든 것에서 배제된 개인은 우선적으로 식생활의 질을 낮추어 최소생계비로 생존을 도모하게 되는데, 이는 스스로 끼니를 해결하지 못한다는 자각으로 이어져 자신도 모르는 사이 스스로의 존엄을 포기하는 결과를 낳게 된다. 그리고 그 시점이 바로 빈곤의 시작점이다, 라고 책에는 적혀 있었다.

마치 내 이야기 같았다. 물론 책에 예시로 나온 사람들만큼

아직, 불행하지 않습니다

내 상황이 빈곤의 구렁텅이에 빠져 있는 것은 아니었지만, 차근차근 진행되는 빈곤의 과정 위에 놓여 있었다. 나도 고등교육을 받지 못해 어떻게 살아가야 하는지 조언해주지 못했던 부모 밑에서 태어나 어느 길이 내 길인지 알아내지 못한 채 성장했다. 운좋게 취업은 되었지만 상식 밖의 조직 문화를 견디지 못하고 낙오되었다. 나라의 지원이라도 받아보려 했으나 1년 이상의 시민사회 활동 경력을 요구하는 기준을 맞추지 못했고, 설령 지금부터 1년간의 활동을 쌓아보겠다고 한들 그 기간을 감당해줄 가족도 없었다. 오히려 어서 빨리 돈을 벌어 가족을 부양해야 한다는 생각 때문에 무언가를 더 시도할 수도 없는 상황이었다. 다행히 얼마간의 돈이 남아 있지만 사면초가의 상황이다보니 대학원을 간다느니 어쩌느니 하는 비현실적인 얘기를 하며 스스로를 현실에서 배제해나가고 있었던 것이다.

그리고 현재, 나는 식빵에 핀 곰팡이를 뜯어내며 착실하게 스스로의 존엄을 바닥에 내려놓고 있었다.

어찌해야 할까. 어떻게 해야 이 빈곤의 입구에서 벗어날 수 있을까. 이제 와 어떤 지원도 바랄 수 없는 상황에서 나는 무엇을 해야 할까. 내가 무엇을 할 수 있을까. 나는 다시 고민했다. 살면서 이렇게 고민을 많이 한 기간이 없었다. 항상 내 앞에 놓인 문제를 외면하는 것으로 넘어간 결과 나는 차근차근 모든 것들로부터 배제되어왔다. 앞으로도 지난날처럼 계속해서 문제를 외면하기만 한다면 나를 기다리는 것은 돌아설 곳 없는 빈곤뿐이란 생각이 들었다.

해가 질 때까지 책을 읽으면서 계속 고민했다.

여전히 답은 알 수 없었다. 뉴스에서나 보는 성공한 사람들이 자랑스레 말하는 번쩍이는 통찰 비슷한 것은 단 한 개도 떠오르지 않았다. 나도 그들처럼 일단 회사만 그만두면 모든 것이 극적으로 멋지게 진행될지도 모른다고 내심 바라고 있었는데, 허상을 좇고 있었다. 그런 것은 애초에 나 같은 보통의 평범한 사람에겐 불가능한 일이었다. 기적 같은 반전을 바라거나 대책 없이 긍정적인 미래를 바라는 것 또한 부질없게 느껴졌다. 그렇다면 나는 무엇을 할 수 있을까. 나는 무엇을 해야 할까. 지금 당장 어떤 일을 해야 할까.

한참을 고민한 뒤 자리에서 일어났다. 그리고 부엌으로 걸어가 곰팡이를 뜯어낸 식빵이 담긴 봉지를 들었다. 아직 반은 남아 있었다. 쓰레기통을 열어 미련 없이 식빵 봉지를 버렸다. 그리고 전화기를 들어 중국집에 전화를 걸었다.

"탕수육 소자에 짜장면 하나요."

우선은 맛있는 것을 먹기로 했다. 그래야 바닥에 내팽개쳐진 내 존엄을 다시 챙길 수 있을 테니까. 맛있는 것을 먹고 나면 기분이 좋아질 테니, 기분이 좋아진 상태에서 하고 싶은 '작은 일'

을 하면 된다. 어설프게 장사니 사업이니 해보지도 않은 일에 돈을 쓰는 건 그만하고, 다시는 대학원이니 뭐니 원치도 않으면서 남들이 좋다고 하는 길을 기웃거리지도 말자. 그저 내가 있는 곳에서, 지금 내가 하고 싶은 일을 하자. 결론이라고 말하긴 뭣하지만, 그것이 결론이었다.

오래간만에 먹는 탕수육 맛은 끝내줬다.

3부

살아가는
보통
사람들

최초의
브라우니

맛있는 것을 먹기로 했다. 나의 존엄을 지키기 위해서다.

물론 산적한 다른 문제들도 많았다. 그러나 그 문제들을 해결하기 위해서는 맛있는 것을 먹어야 했다. 스스로도 조금 황당한 결론이다 싶었지만, 곰팡이가 핀 식빵을 먹는 동안 나는 착실하게 위축되어갔다. 그런 마음으로 할 수 있는 일은 몇 없을 것이며, 한다 하여도 별 성과를 내지 못할 것이라는 생각이 들었다. 아직 오지 않은 미래에 대한 공포는 잠시 미뤄둔 채 일단 맛있는 것을 먹어보기로 했다.

그래서 요리를 시작했다. 사먹을 정도의 배짱은 아직 없었다. 다행히 책상자를 열어보니 꽤 많은 요리책을 찾을 수 있었다. 일단은 도서관이니 다양한 종류의 책을 구비해야 한다고 생각했고, 한식 양식 중식 일식은 물론 제빵에 관한 책까지 사 놓았던 것이다. 그중에 제빵 책을 펼쳐들었다. 매 끼니 맛있는 식사를 하는 것은 부담일지라도 맛있는 디저트를 먹는 것 정도는 해도 될 것 같았다. 디저트란 식사의 마무리를 짓는 역할을 하니, 부실하게 끼니를 때우더라도 제법 괜찮은 디저트를 먹을 수 있다면 나쁘지 않은 식사가 될 테니까.

방안에 앉아 태평하게 제빵에 관련된 책들을 뒤져가며 어떤 디저트를 만들 것인가 궁리해보았다. 우선, 발효빵은 포기하기로 했다. 반죽을 숙성시켜야 해 준비하는 시간이 긴 데 반해 실패할 확률이 컸기 때문이다. 파이 종류도 포기했다. 준비하는데 번잡스럽다는 점이나 지금 내 상황에 맞지 않게 지나치게 화려하다는 이유를 떠나, 만들기 위해 필요한 기본 도구들이 너무 많았다. 가진 것이라곤 미니 오븐과 사각빵틀뿐. 그것만으로 해결할 수 있는 디저트를 찾아야 했다.

뜬금없지만, '어떤 디저트를 만들 것인가' 하는 문제는 내게 '어떻게 살아갈 것인가' 하는 물음처럼 느껴졌다. 최우선 목표는 맛있는, 그래서 먹고 나면 즐거워지는 디저트를 만드는 것이다. 마음 같아서야 너무 맛있어서 그 레시피를 두고 법적 전쟁까지 일어났다는 오스트리아의 전설적인 초콜릿케이크 자허토르테를 만들고 싶지만, 다양한 재료가 들어가는 만큼 돈이 필요하다. 나는 돈이 없다. 없다, 없다, 자허 토르테를 먹어본 적도 없다. 무리해서 먹어본 적도 없는 것을 만들어본들, 이 맛이 그 맛인지 알 수 없는 상황이 될 것이다. 그때 가서 '정말 이 맛 때문에 그 난리가 났단 말인가……' 하고 아리송한 표정을 짓고 싶진 않았다.

마치 '행복'처럼 말이다.

사람들은 모두 행복해지고 싶어한다. 하지만 행복해지고 싶다고 말하는 사람은 많은 데 비해, 지금 행복하다고 말하는 사람은 거의 본 적이 없다. 대체로 행복하지 않은 것이다. 그러다보니 행복해지는 방법에 대해서 궁금해하고, '이렇게 하면 행복해진다'는 이야기에 귀를 기울인다. 그러나 이 '행복'이라는 것은 저마다 기준이 다르다. 어떤 사람은 자아를 찾으라 하고, 다른 사람은 현재에 만족하라고 하며, 또다른 사람은 지금 당신은 이미 행복하니 그것을 깨닫기만 하면 된다고 한다. 그것이 뭔지 분명히 안다고 말하는 사람은 점점 많아지는데, 설명은 하나같이 불명확하고 불확실해 점점 미궁 속으로 빠져든다. 네스 호의 괴물이다.

다들 뭔가 있을 거라는 기대감에 네스 호 주변을 서성이는데 아무것도 보이지 않는다. 조급해진 마음에 누군가 '저기 어렴풋한 뭐시기가 그 행복이라는 괴물 같은데' 하는 착각에 빠져, 그만 엉뚱한 그림자를 향해 "행복이다!" 하고 외친다.

아직, 불행하지 않습니다

그러자 모두가 저마다 비슷한 심정으로 각기 다른 것을 향해 외친다. "행복이다!" "아냐! 저게 행복이야!" "내 말을 들어! 이게 진짜 행복이야!"

다시 디저트 얘기로 돌아가자면, 나는 목표를 잊지 않으려 했다. 맛있는, 그래서 먹고 나면 즐거워지는 디저트를 만드는 것. 한 가지 추가하자면, 내가 가진 도구와 약간의 재료만으로 '지금' 만들 수 있는 것에만 집중했다.

그것은 바로 브라우니였다.

현재의 브라우니는 실패에서 탄생했다.

이게 무슨 말인가 하니, 최초의 브라우니는 지금과 같은 쫀 득한 초콜릿케이크가 아니었다는 것이다. 1906년 『보스턴 요리학교 요리기본서The Boston Cooking School Cook Book』에 실린 레시피에 따르면, 초기의 브라우니는 부드럽게 부풀어오른 케이크 형태였다고 한다. 그러던 어느 날, 미국 메인 주의 뱅거 지역에 사는 여인이 초콜릿케이크를 만들다 반죽할 때 실수로 베이킹파우더를 빼먹었다. 그 바람에 부풀지 않은 초콜릿케이크가 만들어졌는데, 그 쫀득하고 진한 맛을 사람들은 좋아했다. 그것이 1907년『로니의 요리지침서Lowney's Cook Book』에 '뱅거 브라우니'라는 이름으로 레시피가 실리며 현재의 브라우니가 된 것이다. 들어가는 재료는 버터, 달걀, 밀가루, 설탕, 초콜릿과 카카오파우더, 아주 약간의 소금뿐. 그 재료들을 순서대로 섞은 뒤 사각틀에 부어 예열된 오븐에 넣으면 그것으로 끝이다.

그야말로 나를 위한 디저트였다.

나는 책을 덮고 마트에서 버터와 초콜릿, 그리고 카카오파우더를 사왔다. 그런 다음 부엌 한쪽에 레시피가 적힌 책을 펼쳐놓은 채 브라우니를 만들기 시작했다. 초콜릿을 중탕하면서 버터를 전자레인지에 돌려 녹였다. 달걀의 노른자와 흰자를 분리한 뒤, 밀가루와 카카오파우더를 대충 계량했다. 그리고 녹아서 끈적한 액체 상태가 된 초콜릿에 버터와 달걀 노른자를 섞고, 나머지 재료들을 순서대로 넣었다. 반죽은 나무주걱을 이용해 거품이 너무 많이 생기지도, 반죽이 너무 꺼지지도 않게 신경쓰며 섞었다. 완성된 반죽은 유산지를 씌운 사각틀 안에 부은 뒤 예열해둔 오븐에 넣었다. 이제 남은 것은 내 생애 처음으로 만드는 브라우니가 완성되길 기다리는 것뿐이다.

열기가 느껴지는 오븐을 바라보며 식탁에 앉은 채 나는 '대학원 준비는 그만두자'고 생각했다. 진지하게 준비하고 있던 것도 아니지만, 본격적으로 그만두기로 했다. 하는 김에 다른 애매한 것에 희망을 거는 일도 그만두었다. 예를 들자면 '어딘가

아직, 불행하지 않습니다

내가 정말 하고 싶은 어떤 일이 있을 것이다'라고 생각하는 것 말이다. 애초에 그런 것은 없었다. 있다면 진작에 찾았겠지. 없는 것을 찾겠다고 가진 것을 내팽개치고, 그것을 찾아보겠다는 핑계로 도피에 도피만 반복한 끝에 내린 결론이었다.

　그렇다면 어떻게 살아갈 것인가. 지금처럼 살아가면 될 일이다. 가진 것으로 할 수 있는 일을 하며 만들 수 있는 것을 만들자. **브라우니를 만들듯 살아가기로 했다. 언제까지 태평하게 브라우니를 만들 수 있을지 모르는 일이지만, 걱정하지 말자. 불안하고 두려울 때도 오겠지만, 이제 내겐 브라우니가 있다.** 곰팡이가 핀 식빵을 뜯던 나는, 브라우니를 만들 수 있게 되었다. 쫀득하고 달콤하며 진한 브라우니를 먹으면 그만큼 또 얼마간 견뎌낼 수 있을 것이다. 브라우니뿐만이 아니다. 다른 일 역시 할 수 있는 것을 해보자. 대신 이번엔 거창한 목표를 세우지도, 근사한 의미를 부여하지도, 무언가를 회피할 수단으로 쓰지도 말고 일단 해보는 것이다. 할 수 없는 것은 인정하고, 하기 싫은 것은 피하면서 브라우니를 굽듯 천천히, 즐거운 마음으로 하자.
　'무엇이 있을까' 하고 주변을 둘러보자 식탁 위에 놓인 수첩과 샤프가 보였다. 펼쳐보니 암기를 위해 적어놓은 영어 단어들이 빼곡했다. 샤프를 든 채 '무엇을 할 수 있을까' 다시 생각했다. 그림을 그려보는 것은 어떨까. 그럼 무엇을 그리지?

띵! 오븐의 타이머가 울렸다.

브라우니가 완성된 것이다. 그렇다면 브라우니를 그리자. 고민하지 않았다. 오븐에서 빵틀을 꺼내 브라우니를 한 조각 잘라 접시에 담았다. 얼핏 보면 먹 같기도 하고 양갱 같기도 했지만, 브라우니만의 달콤하면서 고소한 향기가 풍겨나왔다. 제법 그럴싸해 보였다. 이 정도면 나쁘지 않은 시작이었다. 앞으로의 삶도 이런 식으로 흘러간다면 좋겠다는 생각이 들었다. 감상을 마친 뒤, 나는 브라우니를 그리기 시작했다.

그러나, 실제 만들어진 브라우니는 먹을 수 없었다. 그림을 그리는 사이 열기가 식자 석탄 덩어리같이 딱딱해졌다. 게다가 맛은 몹시 쓰면서도 너무 달았다. 인생 최초의 브라우니 만들기에 실패한 것이다. 계량을 잘못한 것인지, 온도를 잘못 맞춘 것인지, 너무 오래 구운 것인지 알 수 없었다. 하지만 신경쓰지 않았다. 다시 말하지만, 브라우니는 실패에서 탄생했으니까.

그림을 그린 것은 약 17년 만이었다.

아직, 불행하지 않습니다

최초의 브라우니

장장
17년

어려서부터 나는 그림 그리는 것을 좋아했다. 지금처럼 놀거리가 많은 시절이 아니었고 그나마 몇 없는 놀거리들은 지금과 마찬가지로 돈이 들던 때였기 때문에, 종이와 연필만 있으면 즐길 수 있는 그림 그리기를 취미로 삼았다. 정식으로 배운 적은 없었다. 초등학교 5학년 때인가 동네 화실을 몇 달 다닌 것이 전부였다.

특별히 무언가를 가르쳐주는 곳은 아니었다. 애당초 내 나이 또래는 대개 미술학원을 다녔다. 화실에 가면 입시를 준비하는 중고등학교 누나들이 대부분이었다. 선생님은 주로 그 누나들의 그림을 봐주었고, 나에게는 "오늘은 꽃병을 그려봐"라고만

아직, 불행하지 않습니다

할 뿐이었다. 그 사이에 앉아 누나들의 그림을 구경하며 묵묵히 꽃병을 그리고 사과를 그리고 필통을 그렸다. 좋았다. 유화 물감 냄새도, 연필이 사각거리는 소리도, 천천히 완성되어가는 그림도 좋았다.

그래서인지 초등학교 때부터 꽤 자주 학교 대표로 사생대회에 나갔고 제법 많은 상을 받았다. 상을 받고 싶어 그림을 그린 것은 아니다. 목적 없는 유희였다. 커다란 검은색 화구가방에 미술도구를 챙겨 경복궁으로, 광화문으로, 서울대공원으로 가서 종일토록 앉아 그림을 그리다 집으로 돌아왔다. 즐거웠다. 몇 시간이고 풍경을 바라보며 그것을 내 손으로 재현해내는 과정 자체를 좋아했다. 상은 그 부산물일 뿐, 목적이 된 적은 없었다.

중학교에 올라갈 즈음엔 '그림 잘 그리는 아이'로 불렸다.

무엇이든 상관없었다. 연필 소묘건 수채화건 아크릴화건 주어지는 대로 그렸고, 모두 좋아했다. 하지만 그때까지도 그림에 대해 진지하게 생각해본 적은 없었다. 그저 좋아하니까 그렸다. 학교를 마치고 친구들이 학원을 가거나 오락실에 가버리고 나면 집으로 돌아와 그림을 그렸다. 매일 수채화를 그리는 건 번거롭고 귀찮기 때문에, 평소엔 바인더 연습장을 펼쳐놓고 잠들기 전까지 혼자 낙서를 했다. 주말이건 방학이건 질리지도 않고 그렸다. 아버지는 종종 내 낙서장을 펼쳐 "쓸데없는 짓 하지 마라. 종이가 아깝다"고 써놓으셨다. 반감이 생기진 않았다. 특별히 그림을 진지하게 그렸던 건 아니기 때문이다. 그럴 때면 대신 기타를 쳤다.

당시 나는 통기타 동아리에서 생활한복을 입은 전교조 선생님에게 〈직녀에게〉라는 노래를 배우고 있었다. 통기타는 아버지가 사준 것인데, 막상 아버지는 기타를 연주할 줄 몰랐다. 내가 방에서 기타를 치며 목청 높여 〈직녀에게〉를 부르면, 자다 깬 아버지는 "조용히 해!"라고 소리쳤다. 도대체 어쩌라는 건지 알 수 없었다. 물론 공부를 하면 되는 것이겠지만 그건 내가 원치 않았다.

중학교 2학년 담임선생님은 미술을 가르쳤다. 참여하는 거의 모든 대회에서 대상을 받아오는 나를 선생님은 눈여겨보았다. 미술시간이면 틈나는 대로 내 곁으로 와 어떻게 구도를 잡아야 하는지, 채색을 어떻게 해야 하는지에 대해 알려주었다. 한번은 '그림은 어디서 배웠느냐?'고 묻기에 '화실을 잠깐 다녔다'고 답하니 '너는 제대로 그림을 배울 필요가 있다'고 했다. 부담스러웠다. 난생처음 누군가 내 그림에 진지한 관심을 가진다는 것이 어색했다. 나는 대충 그러겠노라고 말했다. 사실 별생각은 없었다.

하지만 담임선생님은 그렇지 않았다.

선생님은 몇 번인가 나를 미술관에 데려갔다. 여름방학 땐 국립현대미술관에서 주최하는 미술캠프에 나를 학교 대표로 보냈다. 다양한 대회에 참가한 것은 물론이다. 당시로서는 존재한다는 것도 몰랐던 수채화 전용지를 사주며 '이번엔 여기에 그려봐라'고도 했다.

그해 광주에서 비엔날레가 열렸다. 담임선생님은 비행기표를 끊어 나를 데리고 광주로 날아갔다. 나는 선생님에게 이끌려 금토일에 걸쳐 2박 3일간 전 세계 미술가들의 작품을 관람해야 했다. 그 와중에도 선생님은 끊임없이 내게 작품에 대해 설명해주며 감상을 물었다. 역시 부담스러웠다. 특별한 감상이 없었기 때문이다. 의아한 마음은 있었다. 왜 이렇게까지 나에게 그림을 알려주려는 것인지 알 수 없었다. 나에게 그림은 그저 소일거리였다. 한 번도 그림에 대해 심각하게 생각해본 적은 없었다. 그런 나를 선생님은 이글거리는 눈으로 바라보며 물었다.

"보통아, 어때? 이 그림은 어떤 것 같아?"

겨울이 지나고 학년이 끝나갈 무렵이었다. 선생님의 열정적인 관심과 지원 덕분에 나는 그사이 많은 대회에 나가 많은 상을 받았고, 학교 여기저기엔 내 그림이 전시되어 있었다. 그 무렵 반 아이들은 나에 대한 선생님의 편애를 알고 있었고, 그래서 나는 더더욱 선생님이 부담스러웠다. 이제 학년이 바뀌면 선생님의 이글거리는 눈에서 벗어난다는 사실에 조금 안도하기도 했다. 그러던 어느 날 선생님이 나를 불렀다. 교무실로 들어서며 생각했다. '당연히 그림 얘기겠지.' 그리고 그 예감은 틀리지 않았다.

"예술고등학교 진학을 목표로 지금부터 준비해보자."

선생님은 말했다. 나는 선뜻 대답하지 못했다. 그림이 싫었던 것은 아니다. 여전히 그림은 좋아했다. 하지만 앞으로도 쭈욱 그림을 그릴 거라 생각해본 적은 없었다. 그림을 전공한다는 것은 더욱이 상상한 적도 없었다. 선생님은 언제나와 같은 눈으로 한 치의 흔들림 없이 나를 바라보고 있었다. 왜일까. 왜 이 어른은 내게 그림을 그리게 하려는 것일까. 알 수 없었다.

"아빠한테 한번 얘기해볼게요."

나는 자신 없는 목소리로 말했다. 일단 이 상황을 모면하자는 생각도 있었지만, 이렇게나 내 미래에 대해 기대하고 확신하는 사람이 있다면 한번 해보는 게 어떨까 싶기도 했다. 그랬기 때문에 나는 집으로 돌아와 아버지에게 진짜로 그 말을 전했다.

"담임선생님이 그러는데 나보고 예술고등학교에 들어가는 게 어떻겠냐는데?"

방앗간을 하던 아버지는 마침 부엌에서 물을 마시고 있었다. 아버지는 내가 말을 마치고도 한참 물을 마셨다. 마치 내 말이 안 들리는 것 같았다. 차라리 못 들었으면 좋겠다는 생각도 들었다. 잠시 뒤, 물을 다 마신 아버지는 잔을 싱크대에 던져놓으며 말했다.

"개소리하지 마, 인마."

그러고는 쾅 소리를 내며 문을 닫고 가게로 향했다. 캬아아아악 퉷 하고 가래 뱉는 소리가 들렸다. 아버지다운 대답이었다. 그날 이후 나는 그림을 그리지 않았다.

좋아했던 시간이 길었음에도 불구하고, 그만두는 데는 시간이 들지 않았다.

중학교 3학년이 된 나는 고등학교 입시를 준비하며 평범한 나날을 보냈다. 공부는 잘하지 못했다. 애초에 좋아한 적이 없으니 당연한 일이었다. 잘하고 싶은 마음도 없었다. 그렇다고 그림을 그리고 싶진 않았다. 하고 싶은 일을 부모가 반대하는 데서 오는 갈등이나 상처 같은 것도 없었다. 반대로 조금 홀가분했다. 이제 아무도 내게 기대하지 않으니, 나도 부응할 필요가 없어졌기 때문일까. 가끔 미술 선생님을 복도에서 마주쳤지만 혹시라도 그림에 대해 물을까 인사만 하고 황급히 도망쳐버렸다. 선생님은 늘 무언가 할말이 있는 듯한 눈빛으로 나를 바라보았다. 하지만 아무런 말도 하지 않았다.

어찌어찌 인문계 고등학교에 합격했다.

당시 담임선생님은 학부모 면담 때 "얘는 인문계 고등학교 못 갑니다. 4년제 대학도 못 갈 거구요"라는 저주를 퍼부었지만 운이 좋았다. 아버지는 흡족해했다. 인문계 고등학교에 진학해 좋은 대학을 나와 대기업에 들어가야 한다는 것이 아버지의 변함없는 생각이었다. 나는 별다른 생각이 없었다. 특별히 하고 싶은 것도 없으니(아니, 사라졌으니) 앞으로도 그저 아버지 뜻대로 살아가는 게 편한 일이라고 생각했다. 이때쯤은 반은 포기, 반은 세뇌가 된 상태라 그게 맞는 것도 같았다.

그리고 졸업식 날이 되었다. 대부분 두 번 다시 볼 일 없을 친구들과 앞으로도 우리는 평생 친구니 뭐니 하는 헛소리를 하면서 인사하고 사진을 찍고 있을 때였다. 누군가 교실 밖에서 나를 찾는다고 해 복도로 나왔다.

그곳엔 미술 선생님이 쇼핑백을 들고 서 있었다.

피하고 싶었다. 잠시 스치는 것만으로도 부담스러웠던 그 눈길에서 벗어나고 싶었다. 그런데 이제 하루만 더 버티면 되는 그날 하필이면 선생님이 나를 찾아왔다. '하지만 선생님, 저는 이제 그림을 그리지 않아요. 앞으로도 그리지 않을 겁니다. 저를 위해 애써주신 건 감사하지만 모조리 헛수고가 되어버렸네요'라고 말하지는 못했다. 그저 쭈뼛대며 서 있기만 했다.

"자, 이거 받아."

선생님은 내게 쇼핑백을 건넸다. 받아드니 묵직했다.

쇼핑백을 든 채 아무 말 못하고 어색하게 서 있는 내게 선생님은 말했다.

"보통아, 너는 그림을 그려야 해."

이해할 수 없었다. 그래서 대답도 하지 못했다.

"알았지? 꼭 그림을 그려야 해."

선생님은 그 말을 하고 자리를 떠났다.

교실에선 아이들이 왁자지껄 떠들고 있는데 복도는 횅했다. 나는 자리에 선 채 받아든 쇼핑백을 열어보았다. 그곳엔 평소 써보지 못한 좋은 브랜드의 물감과 비싼 메이커의 붓이 들어 있었다. 정말이지 이해할 수가 없었다.

집에 돌아온 나는 쇼핑백에서 물감과 붓을 꺼내, 고장나 잘 열리지 않는 서랍의 가장 깊숙한 곳에 파묻었다. 다시 그림을 그리는 일은 없을 것이라 다짐하면서.

　

대학교 다닐 적에 중학교 동창회를 한다는 연락을 받았다. 거창한 모임은 아니고, 몇몇 친구들이 담임선생님을 모시고 조졸한 모임을 가진다고 연락해온 것이다. 웬만하면 피하고 싶은 터라 "힘들 것 같은데"라고 말했는데, 모임 장소가 당시 우리 부모님이 운영하던 식당이라 불참하려야 할 방법이 없었다. "가게 문 닫을 때까지 있을 거니까 천천히 와"라고 친구는 말했다. 가출하지 않는 이상 빠질 방법이 없었다.

결국 동창회 날이 되었고, 졸업한 지 채 몇 년 지나지 않아 별반 달라진 것도 없는 친구들과 한자리에 모였다. 예상은 했지만, 예상보다 더 시시했다. 함께 공유했던 과거와 현재 사이의 공백이 몇 년 안 되다보니 딱히 그리운 것도 없고, 특별히 반가울 것도 없는 그저 그런 어중간한 시점이었기 때문일 것이다.

한편으론 조금 안심했다. 이런 시시한 재회라면 담임선생님을 만나도 선물 받은 붓과 물감이 이제 어디 있는지도 모를 정도로 그림과 멀어졌다는 것에 미안함을 느끼지 않을 수 있을 것 같았다. 몇 해 되지 않는 시간 동안 잊어버린 수많은 것들 중 하나로 넘기면 될 테니까.

그런 생각을 하고 있을 때 문을 열고 담임선생님이 들어왔다.

담임선생님도 변한 것은 없었다. 선생님은 졸업식 때 모습 그대로였다. 그 모습이 왠지 반가웠고, 동시에 안심이 됐다. 우리들은, 적어도 나는 그사이 키가 약 20센티미터 자랐고 얼굴형도 달라졌으며 수염도 거뭇거뭇 나기 시작했다. 우리가 보는 선생님은 변함이 없지만, 선생님이 보는 우리는 많이 자라 알아

아직, 불행하지 않습니다

보기도 힘들 것이다. 그렇다면 선생님은 내게 준 화구 같은 걸 생각할 틈이 없을 것이다. 내가 누군지도 가물가물할지 모른다. 선생님의 외모에는 변화가 없더라도 뇌세포의 노화는 차근차근 진행됐을 테니, 그만큼 깜빡깜빡하는 일도 잦아지셨겠지. 안심이 되었다.

친구들과 나는 자리에서 일어나 웃으며 선생님께 인사했다. 나 역시 그간 많은 일이 있었지만, 아무 일도 없었다는 듯이 해맑게 "안녕하세요 선생님!" 하고 말했다.

선생님은 훌쩍 자란 친구들의 모습에 조금 놀란 건지 잠시 당황한 표정을 짓더니 이내 예전처럼 씨익 웃으며 "그래. 모두 잘 지냈니?" 하고 인사를 건넸다.

자리에 앉은 선생님은 한 명 한 명에게 모두 안부를 물었다. 어느 대학을 갔는지, 연애는 하는지, 전공은 무엇인지 가볍게 물어보고는 흐뭇한 표정을 지었다. 훌쩍 자라난 제자들의 모습이 대견스러운 듯했다. 이어 선생님은 나를 바라보더니 물었다.

"보통이. 요즘 그림은 그리니?"

예상치 못한 기습이었다.

선생님은 쭈욱 생각하고 있었던 것일까. 지난 시간 동안 계속, 내가 그림을 그리며 살아가길 내내 바라고 있었던 것일까. 설마, 그랬던 것일까? 그래서 길지 않지만, 절대 짧지도 않은 시간이 흘러 만나게 된 오늘, 가장 먼저 내게 묻고 싶었던 것이, 가장 먼저 나온 말이, 너는 지금 그림을 그리고 있느냐는 물음인 걸까? 진짜?

순간적으로 많은 생각이 동시에 떠올랐다.

"아니요."

나는 말했다.

"한 번도 안 그렸는데요."

아이들은 영문을 모르겠다는 표정이었다. 내가 그림을 잘 그렸다는 사실을 모두 잊은 것이다.

"왜 그림을 안 그리니?"

선생님은 되물었다.

당연히 해야 하는 것을 안 했다는 듯한 투였다. 마치 숙제 검사를 하는 것 같았다.

"글쎄요."

선생님은 잠시 나를 바라보더니 마치 예언자처럼 단호하게 말했다.

"너는 그림을 그려야 해."

나는 아무런 대답도 하지 못한 채 어색한 표정으로 얼버무렸다. 이후의 모임에서는 별일 없었다. 시시한 이야기만 하다 시시하게 끝났다.

이후로도 쭈욱 그림과 상관없는 삶을 살았다. 고등학교에 진학하고 대학교에 입학하고 회사에 입사했다. 그사이 피치 못하게 그림 그릴 일은 있었지만, 단 한 번도 즐거운 마음으로 그린 적은 없었다. 그런데 하필이면 이때, 회사를 못 견디고 때려치운 뒤 이도 저도 안 돼 자존감이 바닥에 떨어진 상태에서 브라우니마저 실패한 이때, 나는 장장 17년 만에 다시 그림을 그리기 시작한 것이다.

선생님이 내 꼴을 보면 뭐라고 할까.

이제 와 무슨 짓이냐고 할까? 정신 차리라고 할까? 늦었다고 할까?

아니, 분명 웃으며 말할 것이다.

"보통아, 내가 말했잖아. 너는 그림을 그려야 한다고."

선생님의 이글거리는 눈을 상상하니 그만 웃음이 나왔다.

웃는 건 오래간만이었다.

"보통아. 내가 말했잖아.

너는 그림을 그려야 한다고."

선생님의 이글거리는
눈을 상상하니

그만 웃음이 나왔다.

서투르고
부끄러운

봄은 금세 지나갔다. 그동안 이삼일에 한 번 꼴로 브라우니를 구웠다. 쉽지 않았다.

내가 모르지만 세상에 존재하는 대부분의 것들이 그렇듯 제빵이란 매우 오랜 시간에 걸쳐 수많은 사람들의 시행착오를 통해 완성된 철학이고 과학이었다. 그램 단위로 정확히 계량하는 것, 정해진 온도로 정해진 시간 동안 굽는 것 모두 나름의 이유가 있었다. 브라우니 역시 마찬가지. 실패에서 탄생했다고는 하지만, 아직도 실패의 과정중에 있는 것은 아니다. 엄연히 완성된 레시피에 따른 결과물이라는 사실을 망각해서는 안 됐다. 그러나 나는 망각했다.

아직, 불행하지 않습니다

이후로도 계속 너무 딱딱해 석탄 같거나 너무 물러 진흙 같은 브라우니를 줄줄이 만들어냈다. 계량하지 않고 눈대중으로 되는대로 만들었기 때문일 것이다. 만들 때마다 조금씩 나아지고는 있지만 아무리 좋게 말해도 브라우니라고는 할 수 없는 것들뿐이었다. 한 판을 만들 때 드는 평균 비용은 6천 원 꼴이었고, 꾸역꾸역 먹어치우는 데는 평균 3일이 걸렸다. 하루 디저트값으로 2천 원이면 저렴하니 나쁘지 않다고 생각했지만, 실패한 브라우니를 먹는 건 그 나름으로 힘겨운 일이었다. 곰팡이라도 피어나면 미련 없이 버리겠는데, 그 대신 점점 말라붙더니 먹다 만 벼루처럼 변했다. 실제 먹다 만 벼루 같은 건 없겠지만, 달리 비유할 수 있는 것도 없다.

　결국 몇 가지 기본적인 제빵도구를 구입했다. 그래봤자 계량저울과 계량컵, 유산지와 반죽뒤집개 정도지만 그것만으로도 한결 브라우니다운 것을 만들 수 있었다. 더이상 연기와 함께 매캐한 탄내가 나거나 포크가 박히지 않을 정도로 딱딱해지지는 않았다. 자신감이 붙은 나는 다양한 레시피의 브라우니를 만들어보기 시작했다. 가지고 있는 책의 레시피로는 한계가 있었기 때문에, 전 세계 사람들이 자신의 레시피를 올리는 웹사이트 '올레시피(allrecipes.kr)'에 올라온 브라우니를 하나씩 만들어보았다. 그중 괜찮게 만들어진 경우는 따로 레시피를 적어놓고, 뭔가 좀 아쉬운 경우는 계량값과 조리시간 등을 달리해

다시 만들었다. 그렇게 만든 것이 마음에 들면 그땐 그 레시피를 메모했다.

반죽을 오븐에 넣어둔 뒤 완성되길 기다리는 동안 그림을 그렸다. 당시만 해도 '만화가가 돼야지'라거나 '만화가가 되면 좋겠다' 혹은 '만화가가 될지도 모르겠네' 같은 생각은 전혀 하지 않았고, 그저 레시피를 적어둔 메모지 뒷장에 삐뚤빼뚤 낙서를 하며 시간을 때운 것이다. 이 역시 브라우니를 만드는 것만큼이나 쉽지 않았다. 십수 년간 그림을 그리지 않았어도 내심 '잘 그리지만 그리지 않는다'라고 은근히 자신하고 있었는데, 막상 그림을 그려보니 신기할 정도로 그려지지 않았다. 굉장히 낯설었다. 보이지 않는 것을 상상해 그리는 것은 물론이고 당장 눈앞에 놓인 무언가를 그리는데도 눈과 머리와 손이 따로 놀았다. 분명히 보고 있는 것을 어떻게 그려야 하는지 감을 잡을 수 없었고, 샤프를 쥔 손은 메모장 위에서 연신 흔들리며 뜻하지 않은 방향으로 어색한 선을 긋고 있었다.

본격적으로 그림을 그만둔 것이 대충 열여섯 살 무렵. 그 이후 17년이 흘렀다. 그림을 그리며 살았던 시간보다 그림을 그리지 않은 채 살아온 시간이 더 긴 셈이다. 평생 한 번도 그림을 그린 적 없는 중학생이 된 기분이었다. 헛웃음이 나왔다. 이런 간단한 것조차 그릴 수 없게 됐다는 사실이 믿기지 않았다. 꽤나 긴 시간에 걸쳐 쌓아올린 재능과 기술이 이렇게 의미 없어지는 동안 나는 무엇을 한 것일까. **도대체 얼마나 더 훌륭하고 멋지고 즐거운 일을 하기 위해 그림을 포기한 것일까.**

다행히 브라우니는 나날이 그럴싸해졌다.

오븐을 열면 고소하면서 달콤하고 진한 초콜릿 향이 부엌을 가득 채웠다. 빵틀에 담긴 브라우니의 표면은 반질거리며 빛났고, 접시에 담기 위해 한 조각 자를 때면 칼끝으로 기분좋은 쫀득거림이 느껴졌다. 맛 역시 '브라우니 같은 것'이 아닌 '브라우니'의 맛이었다. 수많은 착오 끝에 나만의 브라우니가 완성된 것이다.

내가 만들었지만 솔직히 맛이 좋았다. 메모장에 '우주 최고의 브라우니 레시피'라고 적어놓았을 정도다. 내가 만든 것을 객관적으로 평가하기란 불가능하지만, 이전까지 먹어온 브라우니들보다 나았다. 혹시나 싶은 마음에 틈날 때마다 브라우니를 잘한다는 곳을 찾아 몇 번 먹어보기까지 했는데, 역시나 내가 만든 게 더 나았다.

당연한 일이다. 내가 만든 브라우니는 철저히 내 입맛에 맞도록 거듭 수정되어 완성된 것이니까. 시중에 파는 것들은 나에게 '너무 달거나 너무 질거나 너무 퍼석하거나 너무 비싼' 것들일 수밖에 없었다. 그렇기에 내가 만든 브라우니를 좋아하면서도 자신은 없었다. 나 먹기에만 좋은 브라우니를 만들어낸 것은 아닐까 싶었기 때문이다. 어차피 혼자 만들어 먹을 거면서 그런 생각은 왜 하느냐고 물을 수도 있겠지만, 궁금했다. 나에게 맛있는 이 브라우니가 과연 브라우니의 본질에 얼마나 가까운 것인지 알고 싶었다.

그림은 여전히 손에 익지 않았다.

분명한 가이드가 정해져 있는 브라우니 레시피에 비해 그림은 막연할 뿐이었다. 굳이 비교하자면 브라우니가 아닌 '빵을 만드는 것'과 비슷했다. 물과 밀가루로 빵을 만드는 수많은 방법이 있듯, 종이와 연필로 그림을 그리는 방법 역시 셀 수 없이 많을 테니까. 다행히 책상자들을 뒤지다보니 드로잉 관련 서적이 몇 권 나왔다. 시험공부도 포기해 할 일이 없어진 나는 팔자 좋게 자리에 앉아 그런 책을 보며 천천히 그림을 다시 그리기 시작했다.

어떤 날은 하루종일 직선만 그었다. 다른 날은 종일토록 동그라미만 그렸고, 그다음 어느 날은 직육면체만, 다음날은 원기둥만 그렸다. 그렇게 하면서 눈과 뇌, 손을 동기화하는 것이라고 했다. 실제로 동기화되고 있는지는 알 수 없었지만 하루종일 넋나간 사람처럼 직선을 긋고 동그라미를 그렸다.

그러는 사이 시간은 흘러갔지만 초조하진 않았다. 아니, 초조해하지 않기로 했다. 왜냐하면……

아직, 불행하지 않습니다

입사한 지 네 달이 지났을 때, 아버지에게 말했다.

"회사 못 다니겠어."

그날도 끝나지 않는 회식 자리에서 밤늦게까지 술을 마시고 돌아온 참이었다.

"도대체 왜 이러고 살아야 하는지 이해가 안 가."

정말로 이해할 수 없는 게 너무 많았다. 술자리에서 이미 한 말을 하고 또 하는 것에 왜들 그렇게 의미 부여를 하는지, 내근직들 술 먹는 데 왜 그렇게 많은 돈을 쓰는지, 술 마시느라 일할 기운도 시간도 없는데 왜 회식은 끝없이 이어지는지, 어째서 그런 회식이 무슨 대단한 의식인 양 폼을 잡는지 이해할 수 없었다.

"네가 좋다고 간 거잖아."

아버지가 말했다.

"내가 가라고 했냐? 네가 간다고 한 거잖아?"

틀린 말은 아니었다. 아버지가 억지로 가라고 내 손을 붙들어 회사에 지원한 것도, 면접 보고 오라며 돈을 준 것도, 합격을 위해 특별히 애를 써준 것도 아니었다. 아버지 말대로 내가 한 것이다. 술에 취해 정확히는 모르겠지만, 일단 내가 한 게 맞는 것도 같았다.

그래서 나는 "그럼, 이제 그만 다닐게" 하고 말했다.

"안 돼!"

아버지가 말했다.

"내가 좋다고 갔으니까, 이젠 내가 싫으니 그만둘래."

"안 돼!"

"이젠 진짜 싫다고."

"안 돼!"

어느새 아버지는 두 눈을 부릅뜨고 얼굴이 벌게진 채 자리에서 반쯤 일어나 금세라도 따귀를 날릴 듯한 자세를 취하고 있었다. 살면서 수많은 순간 다양한 잘못을 저질러 셀 수 없이 많이 아버지에게 혼이 났지만, 아버지가 그때처럼 절실하고 급박한 표정이었던 적은 없었다. 흥분한 아버지의 모습이 낯설 정도였다.

나는 그저 일이 힘들어서 그만두고 싶다고 말한 것뿐인데, 심각한 패륜이나 사회 일반의 정서를 해치는 중대한 범죄를 저지르고 있는 것만 같았다.

그때 깨달았다.

내가 스스로 선택하려는 시도는 아버지에게 비상사태로 받아들여진다는 것을.

사는 건 매 순간이 선택의 연속이었다.

매일 아침 지금 일어날 것인가 좀더 잘 것인가 하는 사소한 문제부터, 어떤 전공을 선택할 것인가 하는 나름 중요한 문제까지 수많은 선택의 결과가 이어져 지금의 내 삶을 만들어낸 것이다. 그리고 지난 삶에서 나는 주로 부모님이 좋다고 말하는 것들을 선택해왔다. 혹시나 다른 것을 선택해볼까 싶다가도 '그건 잘못된 선택이야'라는 말을 들을까 두려워 부모님이 바라는 쪽을 택해왔다.

그림을 그만두고 인문계 고등학교에 들어갈 때도, 대학교에 들어가 전공을 정할 때도, 졸업 후 취업할 때까지 그 선택은 이어졌다. 한 번도 이게 내가 원하는 길인가 하는 고민을 해본 적이 없었다. 고민할 시간도 없었지만, 일부러 피한 것도 있다. 굳이 부딪치고 싶지 않았다. 나를 사랑하는 부모님이고 나를 걱정해주는 주변 어른들이며 나보다 경험이 많고 훌륭한 분들이 하는 얘기니만큼, 어리고 잘 모르는 내가 판단하는 것보다는 여러 면에서 나은 선택일 것이라고 생각하며 내키지 않아도 따라가보았다.

그렇게 이어진 선택의 결과는 참담했다. 그 참담함을 견디지 못하고 꺼낸 다른 선택을 하겠노라는 말은 아버지에게 패륜 선언처럼 받아들여졌다. 따지고 보면 이 모든 사태의 원인은 나였다. 잠자코 부모님이 말하는 대로 선택한 죄였고 벌이었다.

"하지만 나는 엄마 아빠의 꼭두각시가 아닌걸."

기어코 말해버렸다. 술김이었는지 억울함 때문이었는지, 뭐라도 좋으니 아버지에게 상처를 주고 싶었는지 정확히는 모르겠다. 하지만 말했다. 앞으로 나에게 얼마나 많은 선택의 순간이 올지는 알 수 없으나 아들 혹은 실질적인 가장으로서가 아닌 내 의지로 선택하고 싶었다. **내가 원하지 않은 길에서 곤란을 겪는 일이 이제는 싫었다. 그것이 아무리 다른 사람들이 말하는 '나를 위해 좋은 길'이라 해도 싫었다.**

그러나 내가 퇴사한 것은 그로부터 4년 뒤, 아버지가 돌아가신 해의 일이었다.

초조해하지 않기로 했다. 왜냐하면 지난 삶에서 초조함에 쫓겨 선택한 결과가 어땠는지를 이제는 알아야 할 때가 되었기 때문이다.

천천히 브라우니를 만들고 느긋하게 그림을 그렸다. 시간이 지날수록 브라우니도, 그림도 나아질 거라 믿으면서.

아직, 불행하지 않습니다

천천히 브라우니를 만들고

느긋하게 그림을 그렸다.

이제
행복해야
하는데

아버지의 암이 재발하고 난 뒤의 일이다.

근무하던 부서가 최우수 부서로 선정되어 축하 회식이 있었다. 사업부 상무가 참석하기로 해 부장은 들떠 있었다. 정년이 얼마 남지 않은 시기라 임원 승진의 마지막 희망이 보였던 것일까. 회식이 있기 며칠 전부터 호들갑을 떨었다.

"본인 사망 외에는 열외 없다."

열심히 딸랑이를 흔들던 차장이 말했다.

흔히들 암에 걸리는 것을 사망선고에 비유하는데, 요즘은 의학기술이 많이 발달해 말기암을 뒤늦게 발견한 것이 아니고서야 암에 걸렸다고 무조건 '시한부 인생'이 되지는 않는다. 아버지 역시 마찬가지였다. 8년 전 처음 발병했을 때 이미 갑상선으로 전이된 3기 B형 위암이었지만 수술 후 무사히 회복했다. 치료를 시작하고 5년이 지났을 땐 완치 판정도 받았다. 그렇다고 해서 정말 완치된 것은 아니다. 암이 사라졌다고 공식화함으로써 그와 관련한 치료 혜택이 사라질 뿐이다. 그뒤로도 암은 얼마든지 재발할 수 있다. 실제 상당수의 암환자들은 재발한 암으로 사망한다. 그래서 환자와 가족들은 '재발'을 사망선고로 받아들인다. 앞서 말한 '말기암'이라는 것은 암이 처음 발생한 장기가 아닌 다른 장기들로 전이된 상태를 말하는데, 재발 암이 곧 그것이다. 그러니까, 나의 아버지는 사망선고를 받은 상태였다.

퇴근 후 틈틈이 병문안을 다니던 중 부서 회식 날이 되었다.
회식 장소는 근방의 최고급 식당이었다. 부서원들은 상무 도착 삼십 분 전부터 룸에서 대기하고 있었다. 상무가 어떤 질문을 할 것인지 시뮬레이션하고 돌아가며 예상 답변도 준비했다. 물론 나는 집중할 수 없었다. 아버지가 죽어가고 있는 마당에 상무 따위, 최우수 부서 따위 내 알 바 아니었다.
병원에서는 이미 모든 치료를 포기한 상태였다. 하지만 아버지는 인정하지 못했다. 처음 아버지의 암을 진단한, 그리고 5년차 완치를 축하했던 담당의사는 이미 병실을 찾지 않은 지 오래되었다. 긴 시간 함께했던 환자의 죽음을 목격하는 일은 그에게도 어려웠을 것이다. 대신 다른 의사가 찾아와 완화의료학과, 즉 호스피스로 옮기라는 말만 했다.

"나를 포기하면 안 돼."

아버지는 어머니에게 말했다.

"마지막까지 포기하지 말아줘."

어머니는 알았다고 했다. 하지만 어머니는 알고 있었다. 임박한 죽음을 아버지만 인정하지 않고 있을 뿐이라는 것을. 그래도 알았노라고 답했다.

하지만 병세는 나날이 악화되어갔고, 아버지는 하루의 대부분을 마약성 진통제에 의지해 보내야 했다. 또렷한 정신으로 있는 시간은 하루 삼십 분 남짓이었다. 결국 병자성사를 받기로 했다. 병자성사란 천주교 의식 중 하나인 종부성사의 새 이름으로, 죽음을 눈앞에 둔 환자를 위해 치러지는 의식이다. 나는 회사에 있어 참석하지 못한 채 어머니와 아버지, 그리고 신부님만 모여 진행됐다. 어머니에게 전해들은 말로는 성사 내내 아버지는 눈물을 흘렸다고 했다. 스스로의 죽음을 받아들이기가 얼마나 고통스러웠을까.

"미안해. 여보 미안해."

아버지는 엉엉 울며 어머니에게 말했다고 한다. 본인이 아무

아직, 불행하지 않습니다

리 잘못해도 미안하다는 말을 꺼내지 않던 분이 그 말만을 계속 반복했다. 어머니는 "괜찮아. 괜찮아"라고 답했다.

　문을 열고 상무가 들어섰다. 자리에 앉아 있던 모두가 기립해 맞이했다. 여유만만한 웃음을 띤 상무는 "아 왜들 그렇게 우르르 일어서? 조폭이야? 앉아 앉아" 하고 말했다. 입사년도가 더 빠른 부장은 만면에 웃음을 띤 채 상무에게 "상무님, 먼길 오시느라 고생하셨습니다"라고 인사했다. 상무는 부장의 팔을 다독이며 "김부장이 최우수 하느라 더 고생했지"라고 격려했다. 이윽고 상무가 앉자 서 있던 모두가 우르르 자리에 앉았다. 그 자리의 모두가 활짝 웃고 있었다. 정말 즐거워서 웃을 리는 없겠지만, 나는 도저히 따라 웃을 수가 없었다. 그러거나 말거나 회식은 진행되었다. 평소 회식 자리에서 담배만 태우던 부장이 잔을 들고 일어나 건배사를 했다. 상무는 그 모습을 기특한, 혹은 갸륵한 표정으로 보며 앉아 있었다. 오늘이 있기까지 멈추지 않는 폭주기관차 같은 추진력으로, 흘러내리는 용암처럼 뜨거운 열정으로 불철주야 분골쇄신 파부침주破釜沈舟의 각오로 노력한 부서원들과, 그 결과 이룬 최우수 부서의 영광을 축하하기 위해 찾아주신 상무님의 은혜를 각골난망하겠다는 부장의 감동적인 건배사가 끝이 나고, 모두는 우렁찬 소리로 건배를 했다. 지금이 언제인가. 21세기였다. 이곳은 어딘가. 한국의 수도 서울이다. 나는 누군가. 이른바 대기업 사원이었다. 그러나 부장은 노량해전에서 승리한 장군 같아 보였다. 생각하면 할수록 혼란만 더해갔지만, 아무래도 상관없었다. 이 잔을 비우고, 저 잔을 받고, 건배를 해서 이 술을 모두 없애면 죽어가는 아버지를 보러 갈 수 있을까 하는 생각을 했을 뿐이다.

뚝, 하고 눈물이 흘렀다.

이 좋은 날, 남들처럼 웃지는 못할망정 울고 있었다.

"야, 너 왜 울어."

상무가 물었다.

차장이 나를 노려보았다. **"세상 모든 아빠는 다 죽어. 우리 아빠도 죽었어. 공과 사를 구분할 줄 알아야지. 씨발새끼야"**라고 말하곤 하던 그였다.

내가 아무 말도 하지 못하자 옆자리에 앉아 있던 과장이 "보통이 아버지가 지금 암으로 병원에 입원해 계시는데, 걱정이 많이 되나봅니다"라고 대신 말해주었다. 그러자 상무는 "야 그럼 울고 있지 말고 그냥 병원에 가. 왜 여기 앉아 있어?" 하고 대꾸했다. 부장이 눈치를 보더니 내게 "그래. 보통이 너, 건배도 했으니까 이제 일어나라" 하고 덧붙였다.

나는 눈물을 닦고 자리에서 일어나 꾸벅 인사한 뒤 식당을 나왔다. 눈물도 계속해서 나왔다.

아직, 불행하지 않습니다

"이제 행복해야 하는데."

아버지는 울면서 어머니에게 말했다고 한다.

"젊어서 내내 고생만 했는데, 이제 자식들 다 키워서 좋은 회사도 들어가서 행복하게 살기만 하면 되는데."

병자성사가 끝날 무렵, 아버지는 그 말을 몇 번이나 했다고 한다.

불어오는 바람에 눈물이 지나간 자리가 시려왔다.

나는 왜 사는 것일까? 문득 생각했다.

무엇을 위해 살아왔던 것이며, 무엇을 위해 살아가는 것일까. 행복하게 살기 위해 앞으로 얼마나 많은 고통을 감내해야만 하는 것일까. 또 얼마나 많은 소중한 것들을 외면하며 살아야 하는 것일까. 그리하여 긴긴 시간 미루고 미뤄 행복이란 것을 얻을 수 있기는 한 것일까.

얼마 뒤 아버지는 돌아가셨다.

임종실에서 잠시 의식이 돌아온 아버지가 우리에게 전한 마지막 말은 "행복하게 살아"였다. 아버지는 그게 언제인지는 말하지 못했다.

행복하게 살기 위해 얼마나 많은 고통을
강내해야만 하는 것일까.

또 얼마나 많은 소중한 것들을
외면하며 살아야 하는 것일까.

박수는
안 쳐요

침묵 속에 브라우니를 굽고, 묵묵히 그림을 그렸다. 마치 브라우니를 섬기는 수도사와 같은 생활이었다. 덕분에 실패한 브라우니를 만드는 일은 드물어졌다. 하는 일도 없으면서 브라우니 맛만 좋아져 어디에 쓸 건가 싶었지만, 언젠가 도서관을 만들게 된다면 그때 찾아오는 사람들에게 한 조각씩 주면 좋을 것 같았다.

조용히 책을 읽으며 브라우니 한 조각에 우유 한 잔 곁들일 수 있는 도서관이라면, 도서관을 싫어하는 사람도 오고 싶어지지 않을까? 나라면 갈 것이다. 공짜 브라우니를 한 조각 먹을 수 있는 도서관이라면 메소포타미아 문명의 흥망이 기록된 백과사전뿐인 도서관이라도 매주 갈 것이다. 솔직히 매일은 못 간다. 망하지 말라고 기부금도 낼 것이다. 하지만 아마 망하겠지. **나는 돈이 되지 않는 생각을 잘해낸다. 탁월한 재능이 있다.**

그림 실력도 많이 나아졌다. 아직 상상해서 그리는 것은 무리였지만, 천천히 사람 얼굴도 그리기 시작했다. 그러나 잡지나 인터넷을 통해 찾은 사진을 보고 그리는 것은 하지 않았다. 내키지가 않았다. 아무리 기술 단련이라는 목적을 가지고 있더라도 너무 기계적이라는 느낌이 들었기 때문이다. 가능하다면 내가 그리는 대상이 누군지, 어떤 사람인지, 무슨 이야기가 있는지 알 수 있는 사람을 그리고 싶었다. 내가 이해할 수 있는 대상을 그리고 싶었던 것일지도 모르겠다. 그래서 트위터 이용자의 프로필 사진을 보고 따라 그렸다.

트위터에 가입한 것은 스마트폰이 갓 나왔을 때였다. 구체적으로 무엇을 하는 서비스인지도 잘 모른 채 가입만 해둔 것이었다. 몇 년 만에 접속해본 트위터에서는 여전히 많은 사람들이 자신의 이야기를 하고 있었다. 누구에게랄 것도 없는 독백을 하는 사람, 자신이 찍은 사진을 보여주는 사람, 트위터상의 지인과 대화하는 사람, 자신이 흥미를 가진 분야에 대한 정보를 전달하는 사람 등 실로 다양한 사람들이 저마다의 이야기를 하고 있었다. 프로필 사진 역시 각양각색이었다.

아이를 안고 있는 모습의 어떤 사람은 육아의 피로함에 대해 이야기했다. 아이가 얼마나 자주 깨어나는지, 그래서 본인이 얼마나 잠을 못 자는지, 그럼에도 아이가 주는 행복이 얼마나 큰지에 대해 세세하게 기록해놓았다. 육아일기 목적으로 트윗을 하는 것이다. 그런 이야기를 한참 읽고 나서 그 사람의 프로필 사진을 확대해보았다. 사진은 아마도 잘 나온 것이라 피로해 보이지 않았지만, 보이지 않는 고단함을 알 수 있었다. 아이의 웃는 모습을 보면 얼마나 많은 관심과 사랑을 받으며 자랐는지도 짐작할 수 있었다.

멋쟁이처럼 옷을 입은 누군가는 가수였다. 점점 기업화되어가는 시스템 속에서 가수로 살아간다는 것, 노래를 부른다는 것에 대한 이야기, 언제까지 노래를 부를 수 있을지에 대한 고민이 그가 주로 쓴 글의 내용이었다. 가수의 삶이 어떠할까에 대해 평생 한 번도 생각해본 적이 없던 나는 그 사람의 글을 읽으며 같이 고민해보았다. 그러고 나서 다시 프로필 사진을 보면 화려한 옷을 입고 환하게 웃고 있지만, 그 이면엔 막막함에서 오는 불안이 내비쳤다.

아이돌 가수를 향한 관심과 애정을 쉬지 않고 이야기하는 청소년, 회사의 부당한 대우에 불만을 토로하는 회사원, 자신이 가보고 만족했던 식당에 대한 정보를 사진과 함께 공유하는 맛집 탐험가. 나는 적막 속에서 그들의 삶을 엿보고 천천히

219

얼굴을 그렸다. 혼자만의 착각이지만 알고 있는 사람을 그리는 느낌이었다.

그중 몇 장인가는 사진을 찍어 트위터에 올렸다. 나도 무언가 보여주고 싶었다. 당연히 별다른 관심을 받지는 못했다. 그래도 그리고 찍어 올렸다. 며칠인가 지나자 몇 명인가 말없이 '좋아요' 버튼을 눌러주었다. 본인을 그린 것이냐 묻고는 기뻐하기도 했다. 별것 아니지만 좋았다. 좀더 본격적으로 그리고 싶어졌다. 연습장에 그린 것을 핸드폰으로 찍는 것은 한계가 있다고 생각했다. 컴퓨터를 이용해 직접 그림을 그릴 수 있는 태블릿을 저렴한 것으로 한 대 샀다. 당장 살아갈 길이 보이지 않는 주제에 스스로도 '이게 잘하는 짓인가' 싶었지만, 누군가 내 그림을 보아준다는 것이 즐거웠다. 그래서 보여주고 싶었다. **즐거움을 위해 무언가를 하는 것은 참으로 오랜만이었다.** 낯설기까지 했다.

하루는 더욱 단순해졌다. 눈을 뜨고 일어나면 자리에 앉아 잠들기 전까지 열 명 남짓한 사람의 얼굴을 그렸다. 속도는 더뎠다. 손도 아팠다. 처음 써보는 태블릿은 영 익숙하지 않았다. 하지만 그 어설픈 그림을 봐주는 사람이 하나둘 늘었다. 그래봤자긴 하지만 기분이 좋았다. 이미 트위터에는 그림을 잘 그리는 사람이 숱하게 많았지만 신경쓰지 않았다. 하루하루 무의미해 보이는 시간이 지나가고 있었지만 상관하지 않았다. 그저 그

아직, 불행하지 않습니다

리고 또 그랬다. '다음'에 대해서는 생각하지 않았다.

●

 언제나 다음 단계에 대해 생각하며 살았다.

 어떠한 일을 시작하기 전, 늘 이것이 나를 다음 단계로 이끌어줄지에 대해 고민했다. 그 '다음'이란 것이 불확실하거나 무의미할 경우 시작하지 않았다. 낭비라고 생각했다. 무의미한 것에 시간을 쏟을 수는 없었다. 세상은 바쁘게 돌아갔고, 모두가 전력질주하고 있는 것처럼 보였다. 그런 상황에서 다음으로 이어지지 않는 짓을 할 여유가 없었다. 당연히 쉬지도 못했다. 즐거움에 대해서도 생각하지 않았다. 휴식과 즐거움은 나중에 이기나긴 경주를 훌륭한 성적으로 마쳤을 때에야 얻을 수 있는 보상이라고 생각했다. 그렇게 서른몇 해를 살아왔다.

 어쩌면 그 말이 거짓말이 아닐까 생각한 적도 있었다. 바쁘게, 열심히, 항상 다음을 생각하며 좀더 궁극적이고 원대한 목표를 달성하기 위해 늘 최선을 다해 달려야 한다는 통념은, 내가 쉬는 것을 원하지 않는 누군가의 의도일지도 모른다는 생각이 들었다. 마치 경마장의 말처럼 말이다.

 쉬지 않고 달려 우승해도 기다리는 것은 다음 경기를 위한 훈련뿐. 아무리 반복해 우승해도 자유를 얻을 수는 없을 것이라는 불길한 예감이 들었다. **언젠가 더이상 우승하지 못하는 것은 물론 달리지도 못할 정도로 늙고 병들었을 때 기다리는 것은 도살뿐. 효용이 없어진 말의 생존은 비용의 문제로 치부될 뿐이다.** 결국 '유예해둔 보상으로서의 휴식과 즐거움'은 '살아 있는 한 달려야 하는 고통'에서 해방되는 것으로 갈음한다. 가혹하지만 세상은 그렇게 돌아간다.

그 무렵 읽고 있던 강수돌의 『경쟁은 어떻게 내면화되는가』라는 책에 박수 치기에 관한 이야기가 나왔다. 한 교실에 들어선 선생님이 시끄럽게 떠들며 통제되지 않는 아이들을 두 개의 팀으로 나누고, 박수를 더 잘 치는 팀에게 보상을 준다고 말한다. 아이들은 처음엔 머쓱해하며 소극적으로 박수를 친다. 하지만 번갈아가며 박수 치기를 주고받는 사이 박수 소리는 점점 커져간다. 아이들은 다른 팀의 박수 소리에 고무되어 다음번엔 더 큰 소리로 박수를 치려고 노력하고, 다른 팀은 이번엔 박수에 함성을 더한다. 이내 앞서기 좋아하는 친구가 튀어나와 춤을 추며 박수를 유도하고, 상대팀에서도 이에 질세라 바람잡이들이 두셋 튀어나온다. 그러는 사이 박수 소리는 점점 왁자지껄해진다. 최고조에 올랐을 때 선생님이 나서서 승자팀을 정해주고 말한다.

아직, 불행하지 않습니다

"자, 이제 박수 치기는 끝났으니 수업에 집중하자."

단 한 명의 선생님이 박수 치기 경쟁을 통해 수십 명의 아이들을 통제하는 장면이다. 짧은 예시였지만, 내 지난 삶이 왜 그렇게 피곤했는가에 대해 이해할 수 있는 글이었다. 사회라는 교실 안에서 나는 늘 박수 치기 경쟁을 강요받아왔다. 선생님은 현실에서는 때론 부모님이었고 선배였으며 상사거나 동료였다. 저마다 '이게 다 너를 위한 거야' '더 나은 미래를 위한 거야'라며 보상을 걸고 쉬지 않고 박수를 치도록 유도했다. 사실 박수 치기 자체는 아무런 의미가 없다. 내 미래를 위해서라고 생각해 죽을힘을 다해 열심히 박수를 쳤지만, 지나고 나서 생각해보면 결국 내가 다른 생각을 할 수 없도록 의지를 통제하기 위해 무의미한 경쟁을 내면화시키는 과정인 경우가 많았다.

『경쟁은 어떻게 내면화되는가』에서는 이 경쟁구도를 무너뜨리기 위한 해법으로 "우리 박수 치기 하지 말자. 힘들기만 하잖아. 원래대로 우리끼리 놀자"라고 구성원들이 합의하는 방안을 제시했다. 맞는 말이다. 하지만 맞다고 해서 현실적으로 가능한 것은 또 아니다. 만일 내가 나서서 박수 치기를 그만둘 것을 제안한다면, 누군가 말할 것이다. '너 때문에 우리가 지면 어떻게 할 것이냐?' '너는 패배자니 빠져라' 등등.

결국 나는 회사를 그만두고 혼자가 되고 나서야 박수 치기 경쟁에서 빠져나올 수 있었다.

비록 30여 년간 박수를 치느라 몸과 마음은 너덜거리는 상태가 되었지만, 그렇기 때문에 이제 나는 '다음'에 대해 생각하지 말아야 했다. 그보다 중요한 것은 타인의 의도와 보상 없이 스스로 생각하며 살아나가기 위한 감각을 회복하는 것이었다.

그래서였을까. 지긋지긋하게 뒤통수를 따라붙던 조바심은 느껴지지 않았다. 위기감도 없었다. 하루종일 그리고 싶은 만큼 그림을 그렸다. 봐주는 사람도 늘었다. 자신의 프로필 사진을 그려달라며 신청하는 사람도 생겼고, 신청자가 많아져 기다리는 사람까지 생겨났다. 시간이 지날수록 내가 그린 그림은 점점 늘어났고, 실력도 늘었다. 많은 것들이 늘어나는 기간이었다. 안 늘어나는 것은 돈뿐이었다.

그러다보니 간혹 "나이도 제법 있고 도무지 프로가 될 실력은 아닌 것 같은데, 이렇게 하루종일 그림만 그려도 되나요?"라고 걱정해주는 사람도 있었다. 부정할 수 없었다. 실제로 나는 가벼운 마음으로 무언가를 새롭게 시작할 수 있는 청년이 아니었고, 그림 실력 역시 기교적으로 뛰어나다고는 절대로 말할 수 없는 수준이었으니까. 게다가 이 사회는 한 번의 실패가 곧 죽음을 의미하는 초하드코어한 곳이니 당연히 걱정될 수밖에. 그 모습이 마치 어쭙잖은 실력 탓에 승률이 시원찮아 곧 폐기처분될 경주마를 보는 것처럼 불안불안했을 것이다.

그러나 나는 "모르겠어요. 모르겠는데, 지금은 일단 이러고

싫네요"라고 답했다.

　어찌됐든 나는 다시 경주를 뛰거나 박수 칠 마음이 없었다.
그것만은 확실했다.

　그사이 내가 그린 그림은 300여 장을 넘어가고 있었다.

줄 서기의
고단함

세상엔 다양한 괴로움이 있다. 그중 나를 가장 피로하게 하는 것은 줄을 서는 것이다.

이때의 줄 서기란, 버스를 기다리거나 놀이기구 대기줄에 서는 종류의 것이 아니다. 회사에서 직원들을 상대로 '나래비 세우는 것'에 대한 이야기다.

'나래비'는 일본어 '나라비ならび'에서 생겨난 은어로 줄을 세운다는 뜻이다(회사에서는 이런 은어가 많이 사용됐다). 이때 '나래비 세우는 것'은 실적에 따라 등수를 매기는 것으로, 비단 사원뿐 아니라 팀, 부서, 사업부 가릴 것 없이 모두에게 적용됐다. 새벽에 출근해 업무를 보고 있으면 7시 30분쯤 메일이 온다. 핑

장히 복잡한 시트로 범벅이 된 엑셀 파일인데 그곳엔 내가, 우리 팀이, 부서가 몇 등인지 상세히 적혀 있었다.

아마도 본사에서 공식적으로 보내는 것은 아닐 것이다. 우선은 사업부에서 전날의 실적 자료를 엑셀에 붙여넣은 뒤 그것을 계산해 각 부서로 보낸다. 그러면 부서에서는 부서 총무 사원이 같은 작업을 반복해 팀별, 개인별 순위를 붙여 다시 발송한다. 최종적으로 개별 직원들에게 전달되면 그것을 들고 오전 회의가 시작된다.

이 장표를 들고 하는 회의는 매일이 똑같다. 우선 부장이 엑셀 문서를 출력한 두툼한 장표를 보며 한 명씩 오늘은 얼만큼의 실적을 내서 내일 몇 등이 될 수 있을 것인지를 묻는다. 부서원들 역시 두툼한 출력 문서를 든 채 근속년수 25년 차 차장부터 신입사원까지 순서대로 이에 대한 자기반성과 오늘의 계획, 앞으로의 각오를 발표한다.

여기서 등장하는 개념이 '의욕치'다. 자신이 오늘 성과를 낼 '의욕'이 있는 만큼의 실적을 뜻하는 것으로, 결국 개소리다. 부장에게는 통상 의욕치를 보고한다. 대개는 거짓말이고, 나머지는 뻥이다. 말하는 사람도 알고, 듣는 부장도 안다. 간혹 "이번 건은 확실합니다"라고 말하는 경우도 있는데 이 경우도 부장은 믿지 않는 눈치다. 회의(혹은 자기성토회)는 늘 "부른 실적은 사수하고, 눈 크게 뜨고 더 찾아서 있는 대로 긁어봐"라는 부장의 마무리로 끝이 난다.

이후 자리로 돌아오면 실질적인 관리를 하는 차장에게 전화가 온다.

"오늘 얼마 할 수 있어?!"

회의 때 말했던 것은 애당초 믿지 않는 것이다. 차장은 '실제 손에 쥐고 있는 것'을 묻는다. 이때는 다들 현실적인 예상 실적을 보고한다. 사실 이 예상 실적이란 것도 무의미하다. 대개는 전년 동월의 평균 실적 내지는 이달의 평균 실적에 미수납된 실적을 더해 보수적으로 보고한다.

"이게 다야?!"

차장은 묻는다. 악덕 사채업자가 채무자를 추궁하는 분위기다. "찾아보겠습니다"라고 답하고 전화를 끊는다.

'찾아보겠습니다'라는 것은 추가로 발생할 수 있는 계약이 더 있는지 확인해본다는 뜻이지만, 실제론 '요행을 찾아보겠습니다'라는 의미다. 오전 10시쯤 되면 거래처에 전화를 돌린다. 혹시나 거래처 사장님이 미쳐서 오늘 갑자기 더 발생할 매출이 있는지 묻는 것이다. 아마도 상대방은 그런 내가 미쳤다고 생각할 것이다. 하지만 그것이 일과니 "미쳤냐?"고 묻지는 않는다. 그냥 "그만 좀 쫘. 뭐 맡겨놨어?"라고만 한다. 그런 전화를 한 바퀴 돌리고 나면 점심이 된다. 다시 차장에게 전화가 온다.

"오전 보고 해!"

아직, 불행하지 않습니다

본사에서는 월 단위 계획을 기본으로 세운다. 목표도, 실적 보고도 월 단위다. 허나 그것이 사업부로, 부서로 내려가면 주 단위, 일 단위가 되고, 실적이 안 좋아지면 실시간 보고로 변한 다. 오전 근무는 방금 전에 보고하고 전화 돌린 게 다인데 다시 보고를 하라니.

"없습니다"라고 말하면 "넌 개쌔끼야! 월급 다 회사에 반납 해!!!"라는 답이 돌아온다. 그리고 전화가 끊긴다. 더러는 신사 적인 상사도 있다. 입사 후 내내 본사에 있다 현장 발령이 났던 과장이 그랬다.

"더 나온 거 없지?"라고 부드러운 목소리로 묻던 과장.

"너도 힘들겠지만 부서가 힘드니까 네가 좀 도와줬으면 좋겠 다. 오늘도 힘내."

그와 통화를 할 때마다 본사란 어떤 곳일까, 생각했었다. 설 마 아직도 상식이 존재하고, 이성을 가진 사람들이 논리적인 대화를 하는 곳일까? 나는 현장에서만 돌다 퇴사했기 때문에 끝내 알 수는 없었다. 하지만 제아무리 본사에서 살아왔던 사 람도 현장은 견디지 못했다. 그가 수화기 너머로 소리를 지르 기 시작한 것은 채 한 달이 못 됐을 때였다.

지나와 생각해보면 회사생활은 매일 나의 등수를 확인하는 것으로 시작해 거짓을 보고하고, 어쩌다 생길지 모를 요행을 기 다리는 것이었다. 한 달 내내 사업부 꼴찌이던 나를 천하의 무

능력한 자식이라 부르던 사람이, 어쩌다 운좋게 얻어걸려 한 달 내내 일등을 했더니 "네가 이날을 위해 칼을 갈았구나" 하며 칭찬했다. 그러나 나는 특별히 한 일이 아무것도 없었다. 언제나처럼 등수를 확인하고, 거짓을 보고하고, 요행을 기다렸을 뿐이다. 물론 다음달이 되어 더이상 요행이 없게 되었을 땐 다시 "그러면 그렇지"라는 말을 들었다. 그래서, 피곤했다.

의미가 없었다.

이 자리에 내가 서 있어야 할 이유를 알 수 없었다. 어쩌다 줄을 서게 되었는데 순서가 내 의지와 별 상관 없이 계속해서 바뀌었다. 최선을 다해 앞서보려고 노력했지만 누군가의 요행을 이길 수 없었다. 그래서 위축돼 아무것도 안 하고 있으면 생각지 못한 요행으로 등수가 올라갔다. 선배들은 '운칠기삼運七技三'이라는 말을 자주 했다. 본인들도 요행의 강력함을 인정하는 것이다. 그러나 나는 인정할 수 없었다. 운으로 인한 성과로 결과를 판가름 내는 것은 비합리적인 평가 방법이고, 운 없는 사람은 제대로 먹지도 자지도 못한 채 계속 일하라는 것은 굉장히 비효율적인 업무 방식이었기 때문이다.

생각하면 생각할수록 이상한 게임이었다. 그럼에도 주변을 둘러보면 모두가 최선을 다했다. 다들 '이상하다'고 생각하면서도 최선을 다하고 있었는지 어떤지는 알 수 없었지만, 나만 가만 있을 수 없어 같이 최선을 다했다. **결과적으로 경쟁은 심해지고, 피곤은 더해만 갔다. 혼신의 힘을 다해 달리지만, 모두가 죽어라 달리고 있기 때문에 멀리서 보면 줄을 서서 달리고 있을 뿐이다.** 아니, 줄을 서고 있지만 모두가 달리면서 등수를 바꾸고 있기에 결국 우왕좌왕 아비규환이 되어버린 꼴이 맞을까.

'붉은 여왕 가설Red Queen's Hypothesis'이 떠올랐다.

『거울 나라의 앨리스』에 나오는 붉은 여왕이 지배하는 나라는 제자리에 멈춰 있으면 자신의 의지와 상관없이 뒤쪽으로 이동해버리는 법칙이 지배하기 때문에 제자리를 유지하기 위해서는 끊임없이 달려야만 한다. 그래서 앞으로 가기 위해서는 평소 나아가는 것보다 배의 노력을 해야만 전진할 수 있는 것이다. 그러나 내가 빨라지면 붉은 여왕이 지배하는 나라의 모든 것이 후퇴하는 속도 역시 빨라지기 때문에 더욱 노력해야 원래의 빠르기를 유지할 수 있다. 결국 평범하게 나아가기 위해서는 점점 더 노력해야 하지만, 죽을힘을 다해도 세상보다 압도적으로 빨라질 수는 없는 상황이다. 진화생물학이나 경영학에서는 이를 적자생존의 법칙을 설명할 때 종종 사용한다. 대학 시절 읽었던 매트 리들리의 『붉은 여왕』을 통해 처음 알게 된 이 가설을 내가 실제로 체험하고 있는 것이었다.

나는, 그리고 우리는 모두 붉은 여왕의 나라에 살고 있는 셈이

었다. 이곳을 벗어나지 않으면 나는 앞으로도 영원히 이 고단함을 견뎌내야만 하는 것이다. 원래 그런 사회고 그것을 버티는 사람이 어른이며 승자라지만, 내가 볼 땐 그저 붉은 여왕의 나라에서 죽을 때까지 달리는—그러나 결국은 줄을 서고 있을 뿐인 가련한 사람들처럼 보였다.

"이상하다. 왜 앞으로 나아가질 못하는 거지? 최선을 다하고 있는데?"라고 중얼거리면서.

아직, 불행하지 않습니다

보통
사람들

매일같이 그림을 그렸다. 하지만 아무것도 이루지 못했다. 겉으로 볼 땐 그랬다.

애당초 무언가 확실한 목표가 있었던 것이 아니기 때문에 스스로 느끼는 패배감 같은 것은 없었다. 하지만 그런 나를 보며 '저 사람은 낙오자다, 패배자다'라고 말하는 사람들이 생겨났다. 그러거나 말거나 그랬다. 그런 말들은 '패배자'라고 낙인찍히는 것이 두려워 평생을 달려 도착했던 '성공한 삶'에서, 스스로 벗어난 내겐 그닥 와닿지 않았다.

더러는 '부유한 집 자식일 것이다. 집에 부동산이 많을 것이다'라고 말하는 사람도 있었다. 서른몇 살을 먹은 실업자가 팔자 좋게 매일 그림이나 그리면서 놀고 있으니 당연히 할 법한 생각이었다. 자신은 나름대로 괴로운 삶을 견디고 있는데 싫은 일을 안 하며 살고 있는 어른이라니.

아무리 신경쓰지 않는다 해도, 돈도 되지 않는 일을 하면서 안 좋은 소리까지 듣다보니 그만 때려치울까도 싶었다. 사실 그만둬도 달라지는 것은 없었다. 같잖은 그림을 그리고 있을 뿐 어차피 아무것도 안 하고 있는 생활이었으니까. 그래도 그리기를 멈추지 않은 것은, 내 그림을 좋아해주고 기다려주는 사람들이 생겨났기 때문이다.

메일함엔 매일 수십 명의 사람들이 보내준 사진들이 차곡차곡 쌓여갔다. 대부분은 간단한 감사 인사를 적어 보내주었지만 별다른 말 없이 사진만 덜렁 보내주는 사람도 있었다. 그와 반대로 사진과 연관된 길고 긴 사연을 편지로 보내주는 경우도 있었다. 달리 할 일도 없는 신세라 그런 글들을 찬찬히 읽었다.

몸이 안 좋은 외할머니의 사진을 보내며 다시 건강해지길 바라는 손녀, 어린 시절 지겹게 싸웠는데 지금은 군대에 가 있는 동생과 찍은 사진을 보내준 누나, 사랑하는 사람을 군대로 보내는 연인, 중학교 때부터 성인이 된 지금까지 매일처럼 붙어 지내는 친구들의 사진을 보내준 청년, 사랑하는 아이와 목욕하는 남편의 사진을 보내준 아내, 수술 후 회복을 기다리는 아

아직, 불행하지 않습니다

버지의 모습을 보내준 딸. 사연을 읽으며 사진을 보고 있노라면 그 순간의 의미가 어떤 것인지 짐작할 수 있었다. 그래서 최대한 그 감정을 살리기 위해 노력하며 그림을 그렸다. 제대로 표현됐는지는 알 수 없지만 내 그림을 좋아하는 사람들이 많았고, 더러 누군가는 자신의 프로필 사진을 내가 그려준 그림으로 대체하기도 했다.

"그림을 그리고 싶지 않은 날도 있지 않았나요?"
시간이 흐른 뒤, 어느 강연에서 누군가 물었다.
"막말로 누가 돈을 주는 것도 아니고 본인도 몸이 안 좋거나 별로 그리고 싶지 않은 날이 있었을 텐데, 어떻게 그렇게 매일 그림을 그릴 수 있었죠?"
그러게. 왜 그랬을까. 단지 누군가 기다려주고 있기 때문이었나? 질문을 받은 나는 바로 대답하지 못하고 잠시 생각해보았다.
"뭔가 기대하는 것이 있었나요?"
"기대요?"
"예를 들면 그렇게 사람들에게 그림을 그려줌으로써 홍보를 하고, 그래서 나중에 일러스트레이터가 된다거나 하는 그런 목적 같은 거요."
그런 것은 없었다. 그럴 만한 그림이 아니었다. 만약 그런 의도가 있었다면 평범한 누군가의 모습을 그리기보단 이미 사람들에게 잘 알려져 사랑받는 사람을 그리는 편이 더 나았을 것이다. 내가 그린 사람들은 도리어 그 반대였다. 유행이 지난 머플러를 목에 감은 중년 여성, 수수깡으로 만든 장난감 안경을 낀 남매, 이제 시작되는 연인 특유의 어설픈 미소를 머금은 커플, 병상에 누워 산소호흡기를 낀 장년 남성. 개개의 사연을 알지 못하는 누군가가 본다면 특별히 아름답지도, 멋지지도 않은 어디에나 있는 보통 사람들의 모습.

"그렇게 매일같이 그릴 수 있었던 원동력이 궁금합니다."
질문은 이어졌지만, 여전히 나는 답을 하지 못했다. 왜였을까. 나도 궁금했다. 왜 나는 덥거나 춥거나, 몸상태가 좋거나 아프거나, 생판 누군지 모르고 앞으로도 알 리 없는 타인의 모습을 백 원 한푼 받지 못하는데도 쉬지 않고 그렸을까.

불현듯 어떤 분이 사진과 함께 보낸 쪽지가 떠올랐다.

"작가님.
제 사랑하는 아내가 죽어가고 있습니다.
아름다운 제 아내의 모습이 담긴
사진을 보내드리니
마지막 가기 전에 볼 수 있도록

아직, 불행하지 않습니다

그려주시면 감사하겠습니다."

저수지를 배경으로 찍은 듯한 사진 속엔 멋쩍은 표정의 남편과 환하게 웃고 있는 아내의 모습이 담겨 있었다.

"왜 쉬지 않고 그림을 그렸느냐면요."
그제서야 답이 떠올랐다.
"기다리고 계시기 때문에……"
하지만 말을 이을 수는 없었다. 마이크를 쥔 손에 힘이 들어가고, 지켜보던 사람들은 내가 다음에 무슨 말을 할지 기다리고 있었지만 말을 할 수가 없었다. 나는 눈을 최대한 크게 뜬 채로, 입을 다물고 서 있었다. 이상한 광경이었을 것이다. 영문을 모르는 사람들은 그저 나를 바라보고 있었다.

나의 대수롭지 않은 그림을 기다리는 분들이 있기 때문에, 죽음의 문턱 혹은 회복의 입구에서, 탄생의 순간부터 이별의 아픔까지, 망각하지 않기 위해 또는 바람을 이루기 위해 내 보잘것없는 그림을 기다리는 분들이, 스스로도 믿기지 않지만, 분명 있기 때문에 멈출 수가 없었습니다. 서두르지 않으면 머물지 못해 떠나버리는 분들이, 기억되지 못한 채 잊혀갈 분들이 있다는 생각에 여유 부리지도 못했습니다.

아직, 불행하지 않습니다

라고 말하면 될 텐데, 그게 안 됐다.

　한번 더 시도했지만 여전히 "기다리고 계시기 때문에"까지만 말할 수 있었다.

　그것이 이유다. 막상 그리고 있을 때는 잘 알지 못했다. 지나고 나서야 알 수 있는 것이 있는 법이니까. 매일 나는 눈을 뜨면 자리에서 일어나 보통 사람들의 모습을 그렸다. 특별히 기교가 느는 것도, 돈이 생기는 것도 아니라 아무것도 남는 게 없다고들 했지만, 나는 매일 분명히 누군가에게 남겨지고 있었다. 오로지 그 사람과 나만이 아는 것이지만.

흐르고
흘러서

그림을 기다리는 대기자는 나날이 늘어나는데, 하루에 그릴 수 있는 그림의 양은 늘지 않았다. 아무리 부지런히 그린다 해도 손이 아파 하루 열 장을 넘기기는 힘들었다. 그러는 와중에도 사진은 쌓여만 갔다. 그러자 기다리는 사람들에게 미안한 마음이 생기기 시작했다. 사실 별로 안 기다릴지 모르지만, 괜히 혼자 미안해졌다.

그래서 이야기를 시작했다.

내 인생의 재밌는 기억들에 대해 트위터에 주절주절 쓰기 시작한 것이다. 대수로운 것은 아니었다. 모르고 자전거를 타고 벌통 위를 지나가는 바람에 벌들에게 쫓긴 일이나, 초등학교 5학년 때 화장실에 갈 타이밍을 놓쳐 흥건히 오줌을 싸놓고 "호, 홍수가 났다!"고 외쳤던 일 같은 우스꽝스러운 일들에 대한 잡담이었다. 그런 이야기를 매일 하나씩 했다. 마무리는 항상 "오늘의 이야기는 여기까지. 이제는 그림을 그리겠습니다"라고 했는데 언젠가부터 '오늘의 이야기'라고 이름 붙여 혼자 연재하는 기분으로 쓰게 되었다. 남는 시간은 그림을 그렸다. 그것이 하루의 전부였다.

"만화 한번 그려보실래요?"

어느 날 트위터로 쪽지가 왔다. 만화가 최규석 작가님이었다. 트위터로는 팔로잉했지만 직접 대화를 나눈 일은 없었다. 그런 상황에서 처음 받은 쪽지 내용이 저것이었다. 아무런 전조도 없었고, 당연히 마음의 준비도 안 되어 있었다. 게다가 만화라니. 그런 건 평생 생각해본 적이 없었다.

"저는 만화를 그려본 적이 없는데요."

나는 솔직하게 대답했다.

"새로 플랫폼이 생기는데 작가가 필요하다는 분이 계셔서 그러는데요. 한번 해볼래요?"

"저는 그림도 못 그리는데……"

"뭐 어때요? 담당자 한번 만나볼래요?"

살면서 배운 것이 있다면 세상일은 내 의도와 별개로 돌아간다는 것이다. 예를 들어 난생처음 철인 3종 경기에 참가한 사람이 단번에 완주하기는 힘들 것이다. 아무리 의욕이 넘치고 만반의 준비를 했다 하더라도 그날의 컨디션이나 예상치 못한 변수 때문에 중도 포기하는 경우가 생길 수 있다. 그럴 때 사람들은 흔히 '실패했다'고 말한다. 애당초 목표한 완주에 실패했다는 것이다.

행복해지는 것을 목표로 살았다. 좋은 대학에 들어가면, 좋은 직장에 들어가면 행복해질 것이라 믿었다. 하지만 행복해지는 길은 그렇게 단순하지 않았다. 결국 견디지 못하고 포기했다. 수많은 사람들이 '실패했다'고 말했다. **하지만 사람들이 '성공으로 가는 길'이라 말하는 곳에서는 정작 내가 행복하지 않았다. 명백히 불행했다. 그 불행들을 견디고 견뎌 성공할 자신이 없었다.** 불행의 나날을 거쳐 도달할 성공이란 게 아무리 행복하더라도 지금으로서는 너무나 먼 얘기였다.

그래서 도망쳤다. 이런저런 일을 해보았지만 뜻대로 되지 않았다. 퇴사만 하면 뭔가 신나는 일을 잔뜩 할 수 있을 거라 생각했던 기세등등함은 사라졌다. 그 과정에서 내 안의 숨겨진

아직, 불행하지 않습니다

가능성 같은 것은 없다는 것만 확인했다. 나날이 위축되어갔다. 맛있는 거라도 먹자 싶어 브라우니를 만들었고, 기다리며 할 일이 없어 그림을 그렸다.

생각지 않게 그림을 봐주는 사람이 있었다. 그게 좋아 또 그림을 그렸다. 그림을 그려 무언가를 해야겠다는 생각은 감히 해보질 못했다. 세상은 넓고, 그림을 잘 그리는 사람은 별처럼 많으며, 오로지 그림만으로 뭔가를 이루겠다는 결심으로 살아가는 사람도 그 뜻을 이루는 것이 쉽지 않다는 것을 알고 있었기 때문이다. 그랬기에 뭐가 되고 싶다거나, 뭐를 해야겠다는 생각은 없었다. 그저 봐주는 사람이 있다는 것에 감사하며 하루하루 살았다. 내일에 대해선 생각하지 않았다. 퇴직금이 있기에 가능한 일이었지만, 그마저도 얼마 남지 않았다.

그런 내게 기회가 왔다. 바라던 기회도, 예상했던 기회도 아니라는 점이 문제지만 여하튼 기회는 기회였다. 심지어 지난 6~7개월의 기간 중 얻은 유일하면서도 가장 구체적인 기회였다.

어쩌면 회사를 떠나는 나에게 '실패했다'고 말했던 사람들은 이번에도 내게 같은 말을 할 것이다. 목표하지도, 의도하지도 않았고 경험도 없는 일을 하려는 것은 성공과 행복에서 한참 벗어난 일이기 때문에.

그러나 언제나 그렇듯 세상일은 내 의도와 별개로 돌아간다. 완주하지 못해도 일단 철인 3종 경기에 참가하면 기념품을 받고 부족한 부분도 알게 되니 마냥 실패한 것은 아니라고 생각한다. 세상일이 뜻대로 되지 않는 것을 인정하고 그 과정 중에 얻게 된 무언가도 나름의 성취로 받아들이는 쪽이 나는 더 좋다. 패배주의라면 패배주의겠지만 철인 3종 경기는 원래 힘든 것이다. 게다가 세상에는 철인 3종 경기와 비교할 수 없을 정도로 나 따위의 힘으로는 극복할 수 없는 것들이 가득하다. 그런 세상에선 패배주의도 삶의 방식 중 하나가 될 수 있다고 생각하며 살아왔다.

만화가로 사는 것 역시 쉽지 않을 것이다. 내가 상상 못한 고통과 슬픔들이 잔뜩 쌓여 있는 세상일지 모른다. 상관없다. 그 과정 중에도 나는 무언가를 얻을 수 있을 것이다.

지금까지 흘러왔듯 또 어딘가로 흘러가겠지.

"알겠습니다."

나는 대답했다.

어느덧 그림은 500장을 넘어가고, 오늘의 이야기는 60여 개를 쓴 어느 날이었다.

지금까지 흘러왔듯

또 어딘가로 흘러가겠지.

준비 없음
대책 없음

부천에 있는 한국만화영상진흥원에 갔다. 오래간만의 외출이었다. 공교롭게도 예전에 DJ 장비를 팔아볼까 하고 갔던 총판과 가까운 곳이었다. 새삼 영업보증금 5천만 원을 걸라는 말에 그만한 돈이 없으면서도 있는 척 "그럼 다음에 다시 연락드리겠습니다"라고 답한 기억이 떠올랐다. 어제 일처럼 잊히지 않는 기억이었다. 그때와는 전혀 다른 상황이 되어 그 길을 스치니 기분이 묘했다.

"반갑습니다."

최규석 작가님이 말했다. 사진으로 봐서 알고는 있었지만 생각보다 무섭게 생긴 분이었다. 키가 매우 컸고 말랐으며 피부는 검었다. 쌍꺼풀이 짙은 두 눈을 부리부리하게 뜨고 인사를 하는데, 중학교 다닐 적 골목길에서 지갑 검사를 하던 동네 깡패가 떠올랐다. "친한 척해, 친한 척" 하는 그 소리를 들으면 왠지 눈물이 차올랐다. 그래서일까, 밥벌이를 소개해줘서일까. 괜히 또 눈물이 나려고 했다.

"계획 없어요? 계획?" 하고 최작가님이 물었다.

"계획이요?"

"아니 뭐 이제 많이 놀았으니까. 뭐라도 해야 할 거 아니에요."

내 인생에 대한 이야기였다.

"없는데요."

"하루종일 그림만 그리죠?"

"네."

"일 들어와요?"

"아뇨."

"큰일이네."

"네. 큰일입니다."

"트위터에 그림 그리는 거, 그거 계속할 거예요?"

"글쎄요…… 달리 할 것도 없고."

"돈 벌어야죠, 돈."

"벌어야죠."

"일단 담당자 만나서 이야기부터 하죠."

"네, 네."

몇 마디 나누지 않은 채 최작가님은 막바로 만화를 서비스하는 업체 대표님에게 나를 데려갔다. 작가님의 작업실 바로 위층이었다.

"회사 다녔다고 했죠?"

간단한 인사만 나눈 뒤 대표님이 물었다.

"네. 4년 정도."

"회사원 만화 그려볼래요?"

단도직입적인 대화였다. 회사원 만화라니. 나는 『미생』조차 본 적이 없었다.

"요즘 『미생』 인기 많으니까."

다시 말하지만, 본 적이 없었다. 아니, 회사 다닐 적 연수원에서 쉬는 시간에 조금 보다 말았다. 내용은 잘 몰랐다.

"회사원을 주제로 한 만화가 별로 없어서 네 컷 만화식으로라도 그리면 사람들이 볼 것 같은데, 어때요? 한번 그려볼래요?"

"그런데 저는 그림을 못 그리는데."

"그러게, 그림을 너무 못 그려. 그게 좀 걱정이긴 한데."

아직, 불행하지 않습니다

"네. 저도 그렇게 생각합니다."

"뭐 꼭 모든 만화가 그림이 뛰어나야 하는 건 아니니까. 일단 한번 샘플 만들어서 보여주세요. 시간은 얼마 주면 될까요?"

"글쎄요……"

"두 달 뒤에 봅시다."

일이라는 것이 혼자 궁리할 때는 진행되는 게 아무것도 없었는데, 막상 현장에서 일하는 사람들을 만나니 말을 따라가기도 힘들 정도로 빠르게 진행되었다. 사무실을 나오니 이미 해는 저버려 밤이었다.

"잠깐 걷죠?"

최규석 작가님이 말했다.

우리는 진흥원 옆 호수 길을 걸었다. 때는 어느새 여름이었다. 집안에만 있느라 몰랐다. 한기를 피해 오키나와로 도망쳤던 것이 문득 떠올랐다. 시간은 빠르게 흘러간다. 나는 무엇을 했나 생각해보는데, 브라우니를 만들고 그림을 그린 것 말고는 한 일이 없었다. 괜히 허무하면서 한편으로는 그 덕에 이런 날도 왔구나 싶었다. 의도한 것은 아니었고 아직 확정된 것도 아니었지만 길고 긴 표류 끝에 섬을 발견한 기분이었다. 무인도인지 식인종이 사는 섬인지 아직 모르는 상태지만, 오래간만에 땅을 밟은 느낌 자체는 좋았다.

산책로에는 운동을 나온 사람들과 데이트하는 사람들이 많았다. 불빛에 이끌린 날벌레들이 가로등에 잔뜩 달라붙어 있었다. 딱한 노릇이었다. 얼마 안 되는 하루살이 충생蟲生, 즐기기만 하기에도 짧을 터인데 인간들이 만들어낸 가짜 불빛에 넋이 팔려 삶을 허비하고 있다니. 허망했다.

아아아아무런 의미도 만들지 못한 채 날아가 닿지도 못하는 가짜 불빛을 향해 죽을힘을 다해 날갯짓만 하다 죽다니. 할 수만 있다면 '**저건 가짜야 멍청이들아. 어서 너희들의 삶을 향해 돌아가**'라고 말해주고 싶었다. 하지만 나는 하루살이의 말을 모른다. 말을 안다 해도 하루살이가 들을 리 없다. 가로등 불빛은 너무나 매력적이다. 그것이 누군가 만들어낸 가짜라 해도 주저 없이 삶을 바칠 정도로 자극적이다. 낯설지 않은 모습이었다. 익숙한 감정이었다.

최작가님은 말이 없었다. 걷기 시작한 지 이십 분이 되도록 내내 말이 없었다. 뭐지. 왜 아무 말도 안 하면서 걷는 거지. 무슨 조언 같은 걸 하려던 게 아니었나.

뭐라도 말해줬으면 싶었다. 갑자기 샘플을 만들어 오라는 말에 "예"라고 대답은 했지만 뭘 해야 하는지 몰랐다. 어떤 도구로, 어떤 프로그램을 이용해 어떻게 만화를 그려야 하는지 아무것도 알지 못했다. 할 줄 아는 건 사람들이 보내준 사진을 보

아직, 불행하지 않습니다

면서 따라 그리는 것뿐이었다.

그때 문득, 어쩌면 이건 나를 시험하는 것일지 모른다는 생각이 들었다. 최규석 작가님쯤 되는 거물이 내게 먼저 '만화란' 주절주절 설명하는 것은 폼이 나지 않는다. 그렇다면 이 침묵의 의미는 궁한 놈이 먼저 물어보라는 뜻일지 모른다. 그래서 긴 침묵을 깨고 내가 먼저 물었다.

"해, 해부학 같은 걸 공부해야 할까요?"

최작가님이 답했다.

"그런 걸 뭐하러—"

"아니면 투시나 잡지 떼기 같은 것을……"

"하지 마요, 그런 거."

"그럼 미술학원이라도……"

"그런 거 할 시간이 어딨어요."

"그, 그럼 저는 뭘……"

"집에 가서 일단 그려봐요. 그리는 방식은 사람마다 다 다르니까. 누가 뭘 어떻게 해야 한다고 알려줄 수가 있나."

그게 다였다. 큰 가르침은 없었다. 구체적인 조언도 없었다. '만화란 무엇인가'에 대한 주절주절도 없었다. 그뒤로도 주욱 말없는 산책을 마친 뒤 최작가님은 "그럼 잘해보세요!" 하고는 다시 진흥원 작업실을 향해 긴 다리로 성큼성큼 들어갔다. 건물을 올려다보니 많은 작업실에 아직 불이 켜진 채였다. 저 방

하나하나에 들어가 있는 만화가들은 다들 이런 막연함을 견디며 자기 나름의 방법으로 만화를 그리고 있는 것일까. 내 나름의 방법은 무엇일까. 모르겠다. 모르는 채로 집에 돌아왔다.

며칠 동안 하루종일 이것저것 그려보았다. 하지만 도무지 알수 없었다. 당연한 소리지만 만화를 보는 것과 그리는 것은 전혀 다른 일이었다. 기회가 찾아왔다 생각했는데 새로운 차원의 걱정과 고민이 생겨났을 뿐이었다. 문제는 총체적이었다.

우선 '회사원 만화'를 제안받았는데, 도무지 회사와 관련해 하고 싶은 이야기가 없었다. **회사에 대한 내 감정은 묽은 똥이나 다리가 엄청 많은 벌레의 절단된 모습 같은 것을 보았을 때의 심정과 비슷해 가능하다면 피하고 싶지 상기하고 싶은 것이 아니었다.** 그런데 그런 사람에게 회사 만화를 그리라니. 보나마나 회사 혐오물이 될 텐데 그런 것을 보고 싶어하는 사람이 있을까.

게다가 동일인물을 그릴 수 없었다. 이게 무슨 말이냐면, 만화는 필연적으로 등장인물들을 여러 컷에 반복적으로 그려야한다. 그런데 바로 이어지는 두 컷에 동일인물을 그렸음에도 동일하게 보이지 않았다. 얼굴의 생김새가 매번 달라 같은 사람으

아직, 불행하지 않습니다

모르겠다.

모르는 채로 집으로 돌아왔다.

로 보이지 않는다는 것이다. 이는 굉장히 심각한 문제였다. 싫은 것을 참고 어떻게든 회사에 관한 이야기를 생각해낸다 해도, 매 컷마다 인물을 분간하는 게 불가능한 상황인 것이다. 이래서는 만화가 아니다. 너무 암담했다. 이전까지와는 다른 암담함이었다.

주로 '무엇을 하며 살아야 하는가'를 고민하던 시절에 겪은 암담함은 추상적이었다. 정신적으로 피곤하긴 하지만 사실 그렇게 고통스럽진 않았다. 브라우니라도 구우면서 느긋하게 생각할 여유가 있었다. 하지만 두 달의 기한이 주어져 당장 만화를 그려내야 하는 상황에서, 아무것도 그려지지 않고 아무것도 떠오르지 않는 암담함은 직접적인 고통이 뒤따랐다.

컴퓨터 앞에 앉아 각 컷마다 전혀 다른 이목구비를 지닌 주인공 얼굴이 모니터에 떠 있는 것을 보고 있노라면 입이 바싹바싹 타들어갔다. 침도 나오지 않았다. 혹시나 회사에 대한 좋은 기억이 조금은 있지 않나 하고 생각해보면, 안 좋았던 기억만 떠올라 가슴이 하루종일 두근거리고 밤에도 잠들지 못했다. 차라리 회사를 안 다녀봤으면 상상이라도 해서 그릴 텐데, 아직은 분노와 상처가 너무 생생했다. 애가 타는 만큼 그림은 더 많이 그렸기 때문에 손은 주먹을 쥘 수도, 펼 수도 없을 정도로 아팠다.

시간은 꼬박꼬박 흘러갔다. 하루가 지나고 '어제보단 나아졌으려나' 싶어 내심 기대하며 그림을 그려보면 여전히 엉망진창이었다. 슬금슬금 '못하겠다고 말할까' 하는 생각이 고개를 들었다.

만화를 전공한 사람도 실제로 작품 활동을 하기 힘든 것이 만화가인데, 그림 몇 달 그려봤다고 주제넘은 짓을 한 것만 같았다. 시작하기 전에 포기해버리면 굳이 고생할 필요 없으니 이쯤에서 한계를 인정하고 솔직히 말하는 게 서로에게 예의가 아닌가 싶었다. 어느새 나는 도망칠 궁리를 하고 있었다.

단시간에 인간의 본질이 바뀌기는 어렵다. 아무리 큰 사건을 겪고, 오래 생각했다고 해도 쉽지 않은 일이다. 나는 기본적으로 포기가 빠른 사람이다. 곤란한 상황을 겪으면 우선 도망칠 생각부터 한다. 지난 인생에서 내내 그래왔다. 이유는 다양했다. 우울증에 걸려서, 너무 힘들어서, 생각했던 것과 달라서, 비전이 안 보여서, 더 중요한 일이 있어서 등등. 그것이 나라는 사람의 본성이고, 역시나 변하지 않았다. 이쯤 되면 변할 수 없다. 남은 인생 역시 이렇게 도망치며 살 것이다. 어쩌면 도망칠 수 있어서 지금까지 살아올 수 있었는지 모른다, 고 진지하게 생각한다. 싫은 것을 참고, 못 견디겠는 것을 견디며 살기는 싫었다.

그렇다면 어떤 방식으로 그만두겠다고 말해야 할까.

언제나 그래왔듯 '못하겠습니다'라고 말할 수는 없었다. 바쁜

최작가님이 직접 소개해준 일이었기 때문이다. 생각해보면 내가 소개해달라고 한 것이 아니니 별 상관 없지 않나 싶었지만, 최작가님의 팬으로서 그러고 싶지 않았다. 게다가 나이도 먹을 만치 먹은 나는 좀더 우아한 거절 방법을 알고 있었다. 바로 거절당하는 것이다.

그래. 엉망진창 샘플을 만들어 거절당하는 것이다.

두 달은 금세 지나갔다. 그동안 무엇을 했느냐 하면, 변함없이 프로필 사진을 그렸다. 만화는 그리지 않았다. 회사에 대한 것은 그게 무엇이건 그리고 싶지 않았다. 그림은 좀 나아졌다. 하지만 말 그대로 조금 나아진 거라, 여전히 만화를 그릴 수준은 아니었다.

기한이 되어 대표님에게서 만나자는 전화가 왔다. "알겠습니다"라고 답했다. "샘플도 가져가겠습니다"라고도 말했다.

그리고 들고 간 것은, A4 용지에 네임펜으로 그린 9컷짜리 콘티였다.

주제는 회사와 전혀 연관이 없는 암환자에 관한 것이었다. 하필 암환자인 이유는 세 가지다. 우선 첫번째, 애당초 그쪽에서 요구했던 회사 소재의 만화를 그려가면 '재미는 없지만 뭐 애당초 기대 안 했으니' 하고 승낙할까 두려웠다. 두번째, 그나마 하고 싶은 이야기가 그것이었다. 당시는 아버지가 암으로 돌아가신 지 일 년이 좀 지난 때였다. 한창 회사를 다닐 때는 제때 병문안을 가지 못했고, 그게 내내 마음에 걸렸다. 그렇기에 순전히 개인적인 의도에서 아버지에 대한 이야기를 하면 좋겠다 생각했다. 마지막으로 세번째는 딱 봐도 별로 보고 싶지 않은 암환자 얘기를 연재하게 해줄 리 없다고 생각했기 때문이다.

"이게 뭐죠?"
대표님이 물었다.
"그게…… 만화 콘티입니다."
"회사원 만화 그려오기로 하지 않았나?"
"네. 그런데 못 그리겠어서……"
"……"
"……"

대표님은 허를 찔린 표정이었다. 예상한 결과이긴 했지만 막상 당황하는 표정을 두 눈으로 보니 마냥 마음이 편하진 않았다. 하지만 내 입장에서는 어쩔 도리가 없었다. 누누이 말했듯 더는 싫은 일을 하긴 싫었다. 그런데 너무 싫어 도망친 회사에 대한 이야기를 하라니. 그건 안 될 말이었다. 당장 돈이 없고 일자리가 필요한 상황이긴 하지만 목마르다고 다시 똥물을 퍼먹긴 싫었다.

"6개월만 연재합시다. 대신 주 2회로."

대표님이 말했다.

잘못 들었나 싶었지만 아니었다. 나야말로 허를 찔렸다. 허의 허를 찔린 셈이다. 요구한 것과 다른 주제에, 암환자라는 전혀 먹히지도 않을 소재의 만화를 연재하도록 허락할 줄이야.

"그러고 나선 회사원 만화 그립시다."

어안이 벙벙한 내게 대표님이 말했다.

"예. 알겠습니다."

나는 대답했다.

사태는 새로운 국면으로 접어들었다.

이제는 빼도 박도 못하고 만화를 그려야 했다. 그것도 나 스스로 생각해봐도 누가 볼까 싶은 암환자에 대한 만화를 6개월간 그려야 했다. 밤이 되어 집에 돌아오는 내내 '다시 또 어떻게 도망쳐야 하나' 하는 고민을 했다. 그리고 내린 결론은 먼젓번의 것과 대동소이했다.

엉망진창으로라도 그려 6개월 동안 돈을 모은 뒤 장사를 하자.

농담이 아니다. 거짓말도 아니다. 진심으로 그런 생각을 하며 나의 데뷔작 〈아만자〉 1화를 그리기 시작했다.

단 한 번
내 인생

"만화 연재가 결정되었습니다. 연재 준비를 해야 해서 앞으로 한동안 프로필 그림을 못 그려드릴 것 같습니다. 잊은 듯이 기다려주세요."

트위터에 글을 올려 만화 연재 소식을 전했다.

많은 사람들이 축하해주었다. 그때까지 그린 그림은 600장이 조금 넘은 상태였다. 사람들이 그림으로 그려달라고 보내온 사진이 몇백 장 더 있었지만, 일단은 연재 준비 때문에 어쩔 수 없었다.

준비는 잘 되지 않았다. 나만의 스타일을 찾는 걸 떠나, 아무것도 그리지 못했다. 다급한 마음에 거금을 들여 액정태블릿 (중에서도 가장 저렴한 것)까지 샀는데 그려지지 않았다. 그사이에도 연재일은 착실히 다가왔다. 그려지지 않는 것도 문제이지만 뭘 그려야 하는지도 알 수 없었다. 만화라는 게 대체 어떤 것인지 서둘러 고민해봤지만 떠오르는 것이 없었다. 보기만 했지 그릴 생각은 해보지 않았기 때문이다.

마음이 불안하니 트위터를 더 많이 하게 됐다. 그곳 사람들은 내가 아무런 준비도 되어 있지 않다는 사실을 모르니 느긋한 척 폼을 잡으며 위안 삼을 수 있었다. 종종 앞으로 연재할 만화에 대한 질문을 하는 사람도 있었는데, 그럴 때면 마치 다준비된 듯 여유롭게 대답까지 해줄 정도였다.

"어떤 만화입니까?"라는 질문을 받았다. 나는 "모험만화입니다"라고 답했다. 사실 별생각은 없었다. 그저 '만화라면 아무래도 모험만화가 재밌지……' 하며 남 얘기하듯 대답한 것이다. "모험이라면 판타지입니까? SF입니까?" 누군가 또 물었다. "판타지 쪽에 가깝지 않을까요" 하고 답했다. 꼭 판타지여야 할 이유는 없지만, SF라면 아무래도 로봇 같은 걸 많이 그려야 할 테니 불가능하다고 생각했다. 그렇게 해서 내가 그릴 만화는 판타지 모험만화가 되었다. 나름 무난한 출발 같았다. 판타지 모험만화는 장르가 탄탄히 형성되어 있으니 독자들이 받아들이기도 쉬울 테니까.

문제는 주인공이 암환자라는 것이다.

고민이었다. 암환자가 어떻게 판타지 세계에서 모험을 하게 만들 것인가. 아니 그보다 암환자가 그런 모험을 떠나 도착하게 될 목적지는 어디이며, 어떤 결말을 맞이하게 되는 것일까. 독자들에게 이 이야기를 통해 무엇을 느끼게 할 수 있을까. 생각하면 할수록 알 수 없었다. 그러나 그려야 했다. 어느새 연재 날짜는 일주일 앞으로 다가와 있었다.

궁지에 몰린 나는 우선 그림을 그렸다. 그림 그리기는 대사 쓰기에 비해 상대적으로 많은 시간이 걸리기 때문에, 내용을 모르더라도 일단 그려놓고 나서 대사를 지어보자는 생각이었다. 이게 맞는 방법인지 아닌지는 모르지만, 물어볼 시간도 고민해볼 시간도 없었다. 나중에 알고 보니 만화가들의 일반적인 작업 순서와 정반대였다. 보통은 ❶이야기를 떠올리고 ❷콘티를 짠 뒤 ❸그림을 완성하는 식인데, 나의 경우는 ❶그림을 일단 완성하고 ❷대사를 욱여넣었다. 콘티를 짜기는커녕 스케치도 하지 못했는데, 그런 생각을 할 시간에 한 컷이라도 더 그려야만 했기 때문이다.

이렇게 말하니 그림을 엄청나게 많이 열심히 그린 것 같지만, 실상은 정반대다. 여전히 그림이 그려지지 않았던 나는 힘들게 공들여 한 컷 한 컷 그리기보단 복사 후 붙여넣기로 만화를 만들었다. 한 컷을 그려놓고 복사해 여러 컷에 붙여넣기한 뒤, 입모양과 눈썹 정도만 수정하는 파렴치한 방법을 쓴 것이다. 실제로 예고편과 1화는 다 합쳐 그린 컷이 열네 컷뿐이었다. 예고편은 단 다섯 컷만을 그렸고, 1화 역시 고작 아홉 컷을 그렸다.

배경은 도저히 그릴 방법이 없어 과감히 생략했다. 생략하는 김에 삐뚤빼뚤 잘 그려지지 않던 말풍선도 단호하게 생략했다. 그런 주제에 말풍선 없이 대사만 공중에 떠 있는 건 좀 너무한 것 같아 앞뒤로 큰따옴표를 붙여주었다. 이것도 생략 저것도 생략 하다보니 그림으로 전달되는 것이 극단적으로 적었다. 궁리 끝에 대사로라도 때우자 싶어 컷과 컷 사이에 주절주절 생각나는 말들을 마구 써넣었다.

완성된 원고를 보니 이래서는 만화가 아니지 않나 싶었다. 삽화가 있는 대본이나 스토리보드에 가까웠다. 하지만 당시로선 최선이었다. 믿기지 않겠지만 사실이다. 나를 더욱 불안하게 한 것은 별말을 하지 않는 담당자였다. 나 스스로가 보기에도 '이게 뭐지?' 싶은데 특별한 코멘트가 없었다. 차라리 '이게 뭡니까?'라는 말이라도 들었으면 덜 불안했을 텐데, 아무래도 처음부터 별 기대를 하지 않은 것 같았다.

한참 뒤 날아온 질문은 전혀 예상치 못한 것이었다. 그건 바로 "작가님은 실명을 쓰실 건가요? 아니면 예명을?"이었다.

『딱한번인.생』이라는 책이 있었다.

있었다, 라는 것은 지금은 없다는 뜻이다. 어린이잡지 〈고래가 그랬어〉의 편집장이었던 조대연씨가 글을 쓰고, 삽화가이자 만화가인 소복이님이 그림을 그린 책인데 지금은 절판되어 구할 수 없다.

책의 내용은 단순하다. 주인공의 이름은 '평범씨'로, 우리나라에서 가장 평균치의 삶을 사는 사람이다. 평범한 가정에 태어나 누구보다 평범한 '평범씨'. 이름처럼 평범한 삶을 살아가면 좋겠지만 현실은 만만치 않다. **이 사회에서 가족이 머물 집을 구하고 끼니를 걱정하지 않으며 미래를 준비해나가는 평범한 삶이란, 매일의 싸움에 죽을 각오로 임해 살인적인 경쟁에서 이겨야만 비로소 얻을 수 있는 것이기 때문이다.**

그 과정 중에 수많은 사람이 낙오되거나 죽지만 어쩔 수 없다. 모두가 죽을힘을 다해 살아가고 있고, 그것이 평균인 사회니까. **결국 '평범씨'도 사람답게 살아가기 위해 사람이길 포기한 채 살아간다.**

단 한 번의 실패가 곧 사회적, 실제적 사망을 의미하는 사회에서 운좋게도 중도에 탈락하지 않고 늙어 병들게 된 '평범씨'. 병상에 누워 단 하루도 쉬지 않고 달려왔던 지난 삶을 회상한다. 고되고 고된 경쟁의 연속. 좋았던 순간보다는 이를 악물고 버텨낸 기억뿐이다. 이윽고 죽음을 맞이하는 최후의 순간, '평범씨'는 눈을 감으며 생각한다.

'그래도 아파트 한 채는 샀다.'

이 책을 읽을 당시 나는 신입사원이었다. 다세대주택 반지하에 살고 있었는데 내 방은 딱 1평이었다. 여름인데 빛이 잘 들지 않아 방 여기저기엔 곰팡이가 슬어 있었고, 그 때문인지 온몸에 두드러기가 생겨 간지러움을 견디지 못하는 날들이 계속되었다. 덕분에 회식 자리에서 술을 피할 수 있었지만, 회식 자체를 피하진 못했다. 결국 몸 여기저기를 벅벅 긁으며 새벽 두세시까지 남아 남의 술주정을 받아주고 나서야 겨우 택시를 타고 집에 돌아올 수 있었다. 한 달에 택시비만 이삼십만 원씩 썼다.

새벽에 돌아와 퀴퀴한 곰팡이 냄새가 나는 내 방의 끈끈한 이불 위에 몸을 누이면 불쑥불쑥 화가 치밀어올랐다. 사는 게 고단했고, 이렇게 내 삶을 고단하게 만드는 사람들이 미웠으며, 그 고단함의 원인이 일이 아닌 회식이라는 사실이 원통했다. 차라리 그 시간까지 일을 시키면 덜 억울할 것 같았다.

회사 다닐 적 내 소원은 '일만 하고 싶다'였다. 이미 새벽부터

아직, 불행하지 않습니다

밤까지 일하고 있었지만, 무의미한 회식이 너무 많았다. 업무의 연장이라고 말하지만 이해할 수 없었다. 회식은 모두가 힘들어하고 좋아하지 않았는데도 끝없이 이어졌다. 이 정도면 회식이 아니라 얼차려였다. 그 덕에 가뜩이나 바쁜 일을 처리할 시간과 정신은 사라져버렸다. 모두들 입만 열면 바쁘다 말했지만, 그 이유는 늘 새벽까지 술 마시고 다음날 기운을 차리지 못하기 때문인 것만 같았다.

그 상황에서도 같은 부서 동기 한 명은 회식이 끝나고 꾸역꾸역 사무실로 돌아가 다시 일을 했다. 눈은 풀리고 침을 질질 흘리면서도 "저는 일을 덜 끝내서 사무실에 가보겠습니다"라고 말하는 그를 부장은 "야 좀 살살 해!" 하며 핀잔주듯 칭찬했다. 행여나 부장의 눈에 들지 못하는 날이면 그 동기는 새벽 4시에 회사 메일로 부장에게 굳이 안 해도 될 밤사이의 업무 보고를 하곤 했다. '남들 없을 때 회사에 출근해 일하다 메일로 보고하기'는 주말에도 이어졌다. 곁에서 지켜보면 처절한 그 모습이 감동적이기까지 했다. 납득할 수 없었지만 욕할 수도 없었다. 그래야만 부서 동기인 나를 이기고 인정받아 '평범한 삶'에 한 발자국 더 가까이 다가갈 수 있음을 그도, 나도 알고 있었으니까. 모두가 입을 모아 말하듯 그것이 사회생활이고, 조직생활이니까.

방에 누워 천장을 바라보며 그런 생각을 하다보면 동이 텄다. 눈물이 났다. 방금 전에 퇴근했는데 다시 출근해야 했다. 몇 시간 전 강남대로에서 술에 취해 비틀거리며 택시를 잡아탄 선배가 "집에 다녀오겠습니다"라고 말하며 웃던 장면이 떠올랐다. 아무리 생각해도 컬트 영화에 등장하는 정신 나간 등장인물의 황당한 대사 같지만, 바로 몇 시간 전 내가 겪은 현실이었다. 어느 하나 납득할 수 없는 삶들이 너무나 평범하게 존재했다. 책 속의 '평범씨'가 나 같았고, 내가 곧 '평범씨' 같았다. 아니, 모두가 '평범씨'였다.

사람답게 살기 위해 수많은 부조리와 불합리를 평범함으로 받아들이며 평생을 바쳐 일해, 궁극적으로 아파트 한 채 마련하는 것으로 생의 의미를 부여받는 평범씨들. 단지 집 없이 평범하게 태어났다는 죄로 죽을 때까지 벌을 받듯 일해야 하는 이곳은 지옥이라 불러야 마땅할 터인데, 평범씨들에겐 그저 '우리나라'였다.

이미 절판되어 구할 방법은 중고책 구매밖에 없는 『딱한번 인생』, 이 책을 나는 가지고 있다.

처음 읽고 나서 추가로 30권을 샀기 때문이다. 좁은 방 한구석 박스에 담아놓은 책을 한두 권씩 가방에 넣고 다니다 주변 사람들에게 나눠주었다. 반응은 심드렁했다. 전날 밤새 룸살롱에서 탬버린을 흔드느라 아침부터 술냄새를 풍기던 한 동기

아직, 불행하지 않습니다

는 "우리가 책 읽을 시간이 어디 있어?"라고 말했다. 나는 "그렇기 때문에 더 읽어야 해"라며 건네주었다. 하지만 안 읽었을 것이다. 동기 말처럼 '우리에겐 그럴 시간이' 없었으니까. 그래도 주고 싶었다. 언젠가 정말 먼 미래에 우연히라도 읽길 바랐다. **너무나 평범하게, 아무렇지 않은 듯, 별수없잖아, 어쩔 수 없잖아, 모두가 이렇게 살잖아 하며 독서는커녕 잠잘 시간도 없이 살지만, 거래처 접대를 위해 밤새 훌라춤을 추며 탬버린을 흔드는 것으로 흘려보내는 우리의 이 삶이**

딱 한 번인. 생이면서, 딱 한 번 인생
이라는 것을 알았으면 했다.

그것이 내 예명이 '김보통'이 된 이유다.

거래처 접대를 위해 밤새 훌라춤을 추며
탬버린을 흔드는 것으로 흘려보내는

우리의 이 삶이

딱 한 번인. 생
이면서,

딱 한 번 인생
이라는 것을
알았으면 했다.

지금,
여기의 나

연재 시작을 며칠 앞두고 한창 만화를 그리고 있던 때였다. 몇 번인가 대화를 나눈 적 있는 정신과 의사 선생님에게서 트위터로 쪽지가 왔다.

"보통씨, 라디오 출연해볼래요?"

당시 선생님은 '경청'이라는 이름의 심야 라디오 방송에 출연하고 있었는데, 말 그대로 청취자가 보내온 사연을 읽고 전화를 걸어 함께 고민을 '경청'해주는 프로그램이었다. 특이하게도 메인 MC 없이 담당 PD가 호스트로 진행하며, 요일별로 가수와 만화가, 정신과 의사 등 다양한 직업의 게스트를 초대해 함께 고민을 들어주는 형식이었다.

"하지만 전 직업이 없는데요."

"이제 만화 그리잖아요!"

"아직 연재를 시작한 게 아니라서 엄밀히 말하면 백수입니다."

"그럼 백수 특집으로 하면 되죠."

백수 특집이라니.

가장 먼저 든 생각은 '나 같은 백수에게 발언권이 주어져도 되는 것일까?'였다. 이 나라, 이 사회에서 백수에게는 개인의 사정이나 배경은 고려되지 않는다. 그저 실패한 인간, 나약한 개인, 사회부적응자, 노력 결여자 중 하나거나 그 전부로 치부된다.

대학 졸업과 동시에 막바로 취업한 나는 사실 백수에 대한 인식이 이 정도일 줄은 몰랐다. 그러나 퇴사하고 사회에 방치되었을 때의 느낌이란, 정상적으로 사회에 적응하는 데 실패한 자격 미달의 불량품이 된 것만 같았다. 어느 누구도 관심 가지지 않고 신경쓰지 않았다. 알아서 어디론가 사라져줬으면 싶은 눈길로 바라볼 뿐.

마치 붕어똥이 된 기분이었다. 밀려나온 똥 주제에 쉽게 떨어지지 않고 달랑달랑 붙어 있다가, 결국 떨어져도 사라지지 않고 꼴 보기 싫게 어항 속을 둥둥 떠다니는 붕어똥. 그러므로 그것이 어떤 종류의 고민이건 붕어똥인 내가 고민을 들어준다 한들 무슨 의미가 있을지, 내가 위로랍시고 해줄 말이 있기나 한 건지 의문이었다.

한편으로는 '그렇기에 내가 할 수 있는 이야기가 있지 않을까'라는 생각도 들었다. 이미 지난 세대의 유물인 라디오로, 그것도 자정에 시작되는 프로그램에 군이 자신의 고민을 적어 보내는 사람은 도시 속에 표류중인 사람일 것이다. **어딘가에 존재하나 존재하지 않고, 사람들에게 속해 있으나 무리에는 속하지 못한 채 고민을 털어놓을 이 하나 없는 채로 고립된 표류인.**

삶을 채점해 인생에 등급을 매기고 소속과 출신으로 사람을 가늠하는 사회에서 틀리고 탈락해 넘어졌거나 넘어지고 있는, 그래도 아직은 뚝 떨어져나오진 못한 채 달랑달랑 매달린 붕어 똥 같은 누군가에게 '어항 속을 둥실둥실 떠다니는 선배 똥'으로서 해줄 수 있는 말이, 잘은 모르겠지만 있을 것도 같았다. 엄기호의 『단속사회』(창비, 2014) 서문에 나와 있듯 "일상생활의 공간에서 사람들은 곁이 사라진 자리를 편으로 메꾸며 악몽으로 만들어간다". 그 악몽 속에서 편조차 만들지 못한 채 표류하고 있는 누군가에게 해법은 말해줄 수 없겠지만 적어도 같이 헤매고 있는 사람으로서 공감은 해줄 수 있을 테니까. 나 따위의 공감이 위로가 되는 사람이 5천만 중 몇이나 되겠느냐마는, 때로는 아무라도 상관없으니 고민에 귀기울여줄 사람이 필요한 때가 누구에게나 있기 마련이다. 지난 7개월간 내가 보내온 숱한 불안과 불면의 밤들이 그러했던 것처럼 말이다.

그래서 대답했다.

"네. 해보겠습니다"라고.

●

　방송 녹음일은 공교롭게도 나의 첫 만화 〈아만자〉의 예고편
이 올라오는 날이었다. 여름은 끝나가고 있었지만 아직 후덥지
근했고 가로등 아래로는 여전히 날벌레들이 빽빽하게 날고 있
었다. 밤 11시가 넘은 시각, 산속에 위치한 방송국 건물에 들어
서니 오가는 사람은 한 명도 없고 불 켜진 곳도 드물어 담력체
험을 하는 듯했다.

　"반갑습니다."

　키가 크고 동그란 안경을 쓴 PD님이 활짝 웃으며 말했다. 하
루에도 몇십 번씩 자연스럽게 인사하는 듯 매우 능숙했다. 얼
마 만인가. 누군가 내게 웃으며 인사를 건네는 것이. 한두 달 전
에 보름쯤 굶은 사무라이 같은 눈빛의 최규석 작가님과 인사
했던 것이 마지막이었다. 자상하고 따뜻한, 그래서 자신감 있는
PD님의 모습에 나는 또 위축되었다. 일할 곳과 할 일이 있으며,
그 일을 성실하게 열심히 해내어 인정받는 사람의 얼굴이었기
때문일까. '나 같은 붕어똥이 수치심도 없이 어쩌자고 이런 곳
에 온 것일까' 하는 생각이 스멀스멀 들었다.

　그와 별개로 라디오 스튜디오는 묘한 공간이었다.

귀를 막고 있는 것처럼 먹먹한 느낌이 들었는데, 아마도 소리가 울리지 않도록 방음벽이 설치되어 있기 때문인 듯싶었다. 녹음실 안엔 둥그런 테이블과 의자가 있었고, 각각의 자리 앞에 마이크와 모니터, 헤드셋이 준비되어 있었다.

"긴장되세요?"

상냥하면서 너그러운 목소리의 PD님이 말했다.

"네. 제가 비염이 있는데다 혀도 짧아가지고……"

"걱정 안 하셔도 돼요. 어차피 우리는 경청하는 거니까요. 말을 많이 할 필요는 없어요."

"아. 네, 네……"

정말 경청만 하면 되는 것일까? 나에게 아무것도 묻지 않는 건가? 생각하고 있는데, 스튜디오 문이 열리더니 작가님이 내 앞에 두툼한 대본을 놓고 갔다. 속았다. 자상한 얼굴에 속고 만 것이다. 부랴부랴 대본을 살펴보니 뭔가 해야 하는 말들이 엄청 많았다. PD님이 내게 질문하는 순서도 있었고, 내가 청취자에게 질문하거나 대화를 나누어야 하는 부분도 있었다. 다행히 PD님의 질문은 미리 쓰여 있었지만 내가 청취자와 대화하는 부분에는 아무것도 쓰여 있지 않았다. 막연한 기분에는 익숙해졌다 생각했는데, 또 새로운 차원의 막연함이 느껴졌다.

"자, 이제 오 분 뒤에 시작합니다."

PD님이 온화한 표정을 지으며 말했다.

내가 불안한 기색으로 "생방송이죠?"라고 묻자, 여전히 푸근하게 웃으며 "물론입니다"라고 답했다.

마침 방송을 구경 온 정신과 의사 선생님이 스튜디오 창 너머로 보였다. 내게 손을 흔들며 무어라 말을 했는데, 전혀 들리지 않았다. 손가락으로 손목시계를 가리키는 걸로 봐서는 조금 있다 간다는 것 같았다. 한층 더 불안해졌다. 낯설지 않았다. 언젠가 몇 번인가 겪어본 상황이었다. 그게 언제였더라.

"이 회사에 합격만 할 수 있다면 제 인생을 바치겠습니다!"라고 큰소리로 뻥을 치던 면접 때였던가, "회사 그만두고 뭐할 건데?"라고 묻는 선배의 질문에 "도망치는 거예요"라고 답하던 때였나, 인사담당자와 면담하면서 떨어지지 않는 입술을 간신히 움직여 "쉬고 싶습니다"라고 말하던 때였던가, 넘어가지 않는 약식을 삼켜보려 스튜어디스에게 "물을…… 좀" 하고 말해 종이컵에 든 물을 받아들었을 때였던가, 작은 도서관을 만들어보겠다고 월세 30만 원짜리는 없는지 부동산 중개업자에게 묻던 날이었던가, 지역사회단체 활동 경력이 없는데 꼭 있어야 지원받을 수 있는 거냐고 지원사업 담당자에게 물은 날이었던가, 그도 아니면 착잡한 마음으로 찾아간 친구가 놀리듯 "죽겠지?" 하고 묻자 "죽겠네"라고 답하던 순간이었나, 또 아니면 영업보증금 5천만 원을 걸라던 총판업자에게 있지도 않은 돈을 있는 척 "그럼 다음에 다시 연락드리겠습니다"라고 말하며 문을 열고 나가던 순간이었나, 어쩌면 "계획 없어요?"라고 묻는 최작가님에게 "없는데요"라고 답하던 때였을지도 모르고, "회사원 만화 그려오기로 하지 않았나?"라는 담당자의 물음에 마른침을 삼키던 그때였을지도 모른다.

"자기소개 해주시죠?"

PD님이 따뜻한 눈길로 나를 바라보며 물었다. 방송이 시작된 것이다. 하지만 자기소개라니. 무엇을 이야기해야 할까. 문득 여기가 어디인지, 내가 누구인지 모를 지경이 되었다. 심장은 쿵쾅거리며 뛰었고 입안은 바싹바싹 타들어갔다. 일시적 공황 상태에 빠진 것 같았다. 하지만 말해야 했다. 내가 누군지에 대해 사람들에게 이야기해야만 했다.

짧은 순간 많은 생각이 들었다. 다시 한번 날 뽑아달라 말해야 할까. 아니면 원치도 않은 것을 마치 내 꿈인 양 말해야 할까. 내키지 않은 일을 남들이 좋다니 해보겠다 말해야 할까.

하지만 그럴 순 없었다. 더이상은 그래선 안 됐다. 먼길을 돌아오느라 많은 날들을 허비했다. 적어도 오늘부터 나는 내 삶을 살아야 했다. 그제서야 문득 자정이 넘었다는 사실을 깨달았다. 마침 내가 그린 만화의 예고편이 올라왔을 참이었다.

그래서, 나는 말했다.

아직, 불행하지 않습니다

"안녕하세요."

"저는 김보통이라고 합니다."

"원래는 백수였는데요."

"오늘부턴 만화가입니다."

"반갑습니다."

이만, 퇴근하겠습니다

약 4년의 시간이 지났다. 많은 일들이 있었다.

허둥지둥 그린 첫 만화 〈아만자〉는 계약 기간인 6개월의 두 배가 조금 넘는 1년 1개월 뒤 완결했다. 운좋게 다섯 권의 책으로 나왔고, 사인회도 하게 되었다. 그해 '오늘의 우리 만화'로 선정되어 문체부장관상을 받아 최규석 작가님과 함께 시상대에 올랐으며, 이듬해 윤태호 작가님과 나란히 부천만화대상 시민만화상을 받았다. 같은 해 일본과 미국에서 연재를 시작했고, 다음해 일본 가도카와 출판사에서 『아만자』 일본판 단행본을 출간했다. 아사히신문, 산케이신문 등에도 소개되었다. 올해는 대만 출간이 결정되어 후속 작업을 진행중이다.

〈아만자〉 완결 후 한 달 뒤 탈영병과 그를 쫓는 군탈체포조를 다룬 만화 〈DP〉를 한겨레신문과 레진코믹스에서 연재했다. 이 역시 네 권의 책으로 묶여 나왔다. 대중적인 소재가 아니라 큰 기대를 하지 않았음에도 많은 사람들이 봐주었고, 덕분에 상업영화 제작이 결정되었다. 그 외에도 많은 곳에서 기회가 주어져 다양한 만화를 단 하루도 쉴 틈 없이 그렸고 과분한 관심을 받았다.

가까운 사람부터 누군지도 모르는 사람까지 수많은 이들이 입을 모아 말하던 '너는 망할 것이며 결국 불행해질 것이다'라는 예언은 다행히 이루어지지 않았다. 하지만 그것이 저 옛날 노스트라다무스의 지구 종말 예언처럼 가능성 없는 헛소리로 끝났다고 생각하진 않는다. 어쩌면 나는 망하고 있는 과정중에 있는 것일지 모르고, 그래서 언젠가 결국 불행해질 수도 있다. 하지만 걱정하지는 않는다. 모든 것은 생겨난 이상 사라지게 되어 있고, 지구상에 존재하는 수많은 사람들이 그러하듯 원하는 것을 뜻하는 대로 이루는 것은 극히 어려운 일이니까.
그렇기에 나의 목적은 '행복해지는 것'이 아니다.
4년 전 회사를 떠나며 생긴 버릇 중 하나는 매일같이 '지금 나는 불행한가?'에 대해 자문하는 것이었다. 결국 같은 이야기일 테지만, 있는지 없는지 모를 행복한 삶을 위해 당장의 불행을 버티기보단 그저 지금의 삶이, 오늘 하루가 불행하지만 않을 수 있다면 그것으로 나는 만족한다. 물론 텔레비전과 인터넷, SNS를 통해 보여지는 극소수 성공한 사람들의 삶을 바라보고 있노라면 나도 저렇게 빛나고 싶다는 생각을 하지만, 이제는 안다. 환하게 웃으며 '참고 견뎌 오늘의 성공을 이루었으니 여러분도 노력하세요'라고 말하는 그 사람은 불행의 늪을 필사적으로 기는 수많은 사람 중 운좋게 행복의 동아줄을 낚아챈 단 한 명이라는 것을.

그런 것은 이제 관심 없다.

오늘 당장 싫은 사람을 만나지 않고, 원치 않는 일을 하지 않는 것으로 매일매일 불행에서 도망치는 것이 내겐 더 중요한 일이다. 그런 식으로 사는 것이 옳은지 어떤지는 모른다. 사람에겐 저마다 살아가는 방식이 있는 것이고, 나는 이런 방식으로 살아갈 뿐이다. 원대한 꿈이나 필사적인 노력이 없으니 아마도 나는 사람들이 말하는 커다란 성공을 이룰 순 없을 것이다. 하지만 내 삶을 납득할 수 없는 데서 생기는 억울함도 없으니 불만도 없다. 여전히 미래는 불확실하고 불안정하지만 매 순간 선택의 기준이 타인의 잣대가 아니기에 누구를 원망할 일조차 없다.

이 책을 통해 내가 하려던 이야기는 이것이었다. 세상은 나에게 관심이 없다. 대부분의 사람들 역시 내 인생과 상관없다. 안타깝게도 내 뜻대로 되는 일도 별로 없다. 나는 그저 한 마리 크릴새우가 해류를 따라 흘러가듯 거대한 혼란 속에서 흐르고 또 흐를 뿐이다. 고래가 되기 위해 노력하지 않는다. 바다를 벗어나기 위해 애쓰지도 않는다. 그저 새우로서 살아간다. 싫은 것들을 피하며 가능한 한 즐겁게, 다른 새우들에게 피해 주지 않고 살아갈 수 있으면 그만이다.

운이 좋다면 전 세계 바다를 누비며 행복할 수 있겠지만, 아니어도 괜찮다. 불행하지만 않으면 된다.

다행히 아직도 불행하진 않다.

ⓒ 김보통 2017

초판 인쇄 2017년 8월 23일
초판 발행 2017년 8월 30일

지은이 김보통
펴낸이 염현숙

기획 이연실 │ 책임편집 고지안 │ 편집 이연실
디자인 최정윤 마케팅 정민호 박보람 우상욱
홍보 김희숙 김상만 이천희
제작 강신은 김동욱 임현식 │ 제작처 더블비(인쇄) 중앙제책사(제본)

펴낸곳 (주)문학동네
출판등록 1993년 10월 22일 제406-2003-000045호
주소 10881 경기도 파주시 회동길 210
전자우편 editor@munhak.com │ 대표전화 031)955-8888 │ 팩스 031)955-8855
문의전화 031)955-3576(마케팅) 031)955-2651(편집)
문학동네카페 http://cafe.naver.com/mhdn │ 트위터 @munhakdongne

ISBN 978-89-546-4688-8 03810

www.munhak.com